いつだって
私を守ってくれた
王子様みたいな
幼なじみに
もう一度会いたくて
この街に戻ってきた――…
十羽は
俺が守るよ
俺いろんな
十羽の顔
知ってるから
これ
幼なじみの
特権なのかもな
――だけど彼は…

毒舌チャラ男に変貌していた――…
―…十羽?
!
楓くん!
久しぶり…!
ふいっ
…なんで来たんだよ
会いたくなかった
俺はもう十羽が知ってる楓じゃねぇから

冷たいことばかり言って突き放すのに――…
頭ん中
十羽のことしかねぇよ
十羽しか見えない
不意に見せる甘い顔は
私の心をつかんで離さない――…

恋に落ちた
私の目にはやっぱり
君しか見えない――…
だけど
君のために隠した
秘密がある
君にはまだ
言えない――…

野いちご文庫

君しか見えない

SELEN

STARTS
スターツ出版株式会社

CONTENTS

第一章

第二章

CHARACTERS

大園《おおぞの》　十羽《とわ》

高2。極度の人見知りのためクールに見られがちだけど、本当はよく笑う明るい性格。
転校で離ればなれになった幼なじみの楓に会いに、中学の時に住んでいた街に戻ってきた。

Towa
Ohzono

Kaede Miyoshi

三好《みよし》　楓《かえで》

中学までは爽やかで王子のような優等生だったが、毒舌チャラ男に変貌。
会いにきた十羽を冷たく突き放すけど、本心では十羽のことを大切に思っている。

第一章

再会

「髪《かみ》よし、服よし」

私、大園十羽《おおぞのとわ》はバス停の前に立ち、髪や服に触《ふ》れながら声に出して確認作業を行っていた。

よし、身だしなみは大丈夫《だいじょうぶ》そうだ。

最後に、マフラーに埋《う》もれていた頬《ほお》に手をあてる。

「笑える、かな……ううん、笑え、十羽っ」

こんなに緊張《きんちょう》するのはあたり前。

なんといったって、初恋《はっこい》の相手に再会するかもしれないのだから。

——昨日、十二月二十四日。私は、中学の頃《ころ》まで住んでいたこの街に戻《もど》ってきた。

初恋の男の子に会うために。

初恋の相手とは、三好楓《みよしかえで》くん。

楓くんとは幼稚園《ようちえん》、小学校、中学校が同じの、いわゆる幼なじみってやつだ。

どこに行くにも一緒《いっしょ》、なにをするにも一緒。いつでも隣《となり》にいて、すべての感情を共有していた。笑顔も、涙《なみだ》も、寒い日のあんまんも、暑い日のアイスも、ひとつのものをふたつに。いつだって楓くんが私に半分をくれた。

私たちはどんな幼なじみよりも仲がよかったと自負してる。

楓くんはかっこよくて優しくて、常に人に囲まれている、みんなの人気者。

それに対して私は極度の人見知りのせいで、愛想がないだの、目が死んでるだのとさんざん言われてきた。おまけに声がハスキー寄りなことも相まって、クールで怖《こわ》い人だと勘《かん》ちがいされることがしばしば。

だから小学校と中学校の頃は、友達もまったくできなかった。

だけど、そんな私の隣に楓くんはいてくれた。怖がられる私のことを、楓くんだけは見捨てないでいてくれた。

そんな楓くんへの気持ちを自覚したのは、中学一年生の時。

いつから好きだったかと問われれば、たぶんそれはもうずっと前から。

だけどあの日、楓くんへの気持ちが恋なのだということにやっと気づいた。

それは、桜が満開に咲《さ》きほこる、ある日のこと。

『なぁ、おまえさぁ、ちょっと生意気なんじゃないの?』

『あの』

『目が合ったと思ったらにらんできて、ケンカ売ってんのか？』

『ち、ちがう……！』

入学早々、私は校舎裏で隣のクラスの男子にからまれていた。

昼休みになり校舎裏の桜を見に来たところ、この見るからに柄《がら》の悪い男子とたまたま鉢合《はちあ》わせてしまったのが運の尽《つ》きだった。

私の暗いといわれる目が、この人にはにらんでるように思えていたらしく、廊下《ろうか》ですれちがうたびにたまっていた鬱憤《うっぷん》が爆発《ばくはつ》したのだ。

壁際《かべぎわ》に追いこまれ、ぐっと顔を近づけられる。ギラギラとした目が、挑発的《ちょうはつてき》に、そして威嚇《いかく》するように私を見下ろす。

近くですごまれると、逃《に》げるという選択肢《せんたくし》すら頭からなくなって。

誤解をされてこんな目にあうなんて、泣きたくなる。

『お高くとまってんなよ』

『や、やめて……』

恐怖《きょうふ》にぎゅっと目をつむり、振《ふ》りしぼるように抵抗《ていこう》の声をあげた、その時だった。

『――俺の幼なじみになにしてんの』

突然《とつぜん》聞こえてきた声の方に視線を向ければ、男子の肩越《かたご》しに楓くんの姿を見つけた。

『楓くんっ……』

『げっ、三好……』

思いがけない人物の登場に、男子が苦い声をあげる。

楓くんの綺麗《きれい》な顔からは、満ち満ちた怒《いか》りの色が見てとれた。

一瞬《いっしゅん》たりとも怯《ひる》むことなくこちらへ歩いてきた楓くんは、男子の腕をつかんで、ぐっとひねりあげる。

『いっ、いでで！』

男子の目をまっすぐににらみつけたまま、楓くんが言葉を放つ。

『十羽に近づくな。十羽のことを傷つけるようなことをしたら、俺が許さない』

『痛っ、わかった、わかったから離《はな》せって！』

さっきまで威勢《いせい》のよかった男子は、楓くんにはかなわないと思ったのか、腕をほどかれると尻尾を巻いて逃げていった。

『……十羽』

男子の姿が見えなくなった頃、振り向きざまに楓くんが優しい声で私の名を呼んだ。

『大丈夫？　なにかされた？』

楓くんの声に、緊張で固くなっていた心がほぐされていく。

私は笑みを浮《う》かべ、ふるふると首を横に振った。

『大丈夫、なんともないよ。助けてくれてありがとう』

すると楓くんはやわく微笑《ほほえ》み、小さい子をあやすように私の頭をぽんぽんとなでてくれる。

『遅《おそ》くなってごめん。無事でよかった』

『楓くん……』

ピンチの時はいつだって駆《か》けつけて、優しさで包みこんでくれる。そんな楓くんは、私にとってヒーローだった。

『私こそ心配かけてごめんね。教室、戻ろっか』

笑顔を作り、教室へ戻ろうと歩きだした、その時。

『あ、そうだ』

なにかをひらめいたような声とともに、後ろから手首をつかまれた。

『ん？』

振り返ると、楓くんがニヤッと悪だくみをするいたずらっ子みたいな笑みを浮かべていて。

『次の授業、サボっちゃおっか』

『えっ？』

優等生の楓くんがそんなことを言いだすなんて思いもしなかったから、思わず驚《おどろ》きの声をあげる。

物心ついた頃からずっと一緒にいるけど、楓くんが授業をサボったことなんて一度もない。

『早めの五月病かなー。ひとりでサボってもつまんないし、十羽も付き合ってくれない？』

軽い調子で誘《さそ》ってくる楓くん。

戸惑《とまど》いながら『でも』と言いかけて、この提案が私のためのものだということに気づいた。

あんなことがあったあとだし、次の授業は隣のクラスと合同で行われる。さっきの男子と顔を合わせづらいだろうって、楓くんが気を使ってくれたんだろう。

昔から、私になにかあると、なにも言わずにただ隣にいてくれた。

無理に心を開かせようとするわけでもなく、独りにするわけでもなく。いつだって、私の心が休まるようにしてくれた――。

私も共犯の笑みを浮かべて、幼なじみの提案にうなずいた。

『うん、サボっちゃおう』

――キーンコーンカーンコーン。

授業開始を知らせるチャイムが、桜の木の下に並んで座っている私たちのもとまで聞こえてきた。

『授業、始まったね』

『原《はら》ちゃんの授業だっけ』

『うん』

『あの授業、眠《ねむ》くなるんだよなー』

『原先生の低い声、催眠《さいみん》作用あると思う』

『あー、絶対あるね、それ』

『ふふ、あるよねーっ』

くすくす笑いあっていると、不意に楓くんが私の顔をのぞきこむように顔を傾《かたむ》けて、安堵《あんど》したように微笑んだ。

『いつもの十羽だ。よかった。やっぱり十羽には笑顔が一番似合うね』

楓くんのサラサラな黒い髪が、やわらかい春風に揺《ゆ》れる。長いまつ毛がふち取る色素の薄《うす》い瞳《ひとみ》が、宝石みたいにきらめく。

目の前にある景色があまりにも綺麗で、息がつまりそうになる。

なんで、こんなにも温かいんだろう。

『楓くんは、優しいよね』

『ん？』

『いつも自分のことより、相手のことを考えて。楓くんが人気者なのも、すごくよくわかる』

実感しながらつぶやくと、ふとニコニコ笑っていた楓くんの瞳に、笑みを残しながらも真剣《しんけん》な光が宿った。

『十羽だから、優しくしたいんだよ。みんなにそうしてるわけじゃない。十羽だけは、特別』

『……っ』

『十羽は俺が守るよ』

甘《あま》い響《ひび》きを持ったその声に、ふっと涙腺《るいせん》がゆるんで、引きしめていたはずの心が震《ふる》えるのがわかった。

楓くんの優しい言葉にほだされるみたいに弱音がこぼれそうになって、私は思わずうつむく。

『楓くん』

『ん?』

ゆっくりと背中をさするような、楓くんの問い。

あせらないでいいよ、待ってるから。そう言ってくれているのが、その声音から伝わってきた。

私は伏《ふ》し目のまま唇《くちびる》を噛《か》みしめると、静かに口を開いた。

『……さっきね、また言われちゃった。にらんでるんじゃない、お高くとまってるなって。にらんでるつもり、なかったんだけどな』

『十羽……』

『うまく笑えないせいで勘ちがいされちゃうのはなれてたけど、中学入ってから言われることが増えて、ちょっとへこんでた』

感情表現が苦手だから、いつも怒《おこ》ってるように思われる。ほんとはお笑い番組を見ればゲラゲラ笑うし、笑いのツボだって浅いのに。

みんなと仲よくなりたいってそう思っても、クールというイメージが先行してしまっているせいで、私が近づくと離れていってしまう。

うつむいたままでいると、不意にやわらかい声が耳に落ちてきた。

『十羽のほんの一部だけ見てそういうこと言ってるやつって、損してると思う。笑うと目が細くなって子どもっぽくなるとこも、おいしいもの前にした時キラキラするとこも、涙もろいからすぐうるむとこも、俺いろんな十羽の顔知ってるから』

『楓くん……』

隣を見れば、楓くんは真剣な瞳を私に向けてくれていた。

そして。

『これ、幼なじみの特権なのかもな』

そう言って、ふわりと楓くんが笑った。

何度も見てるのに、何度だって綺麗って思っちゃう。

楓くんが笑ってるだけで世界が救われる、そんな気持ちになる笑顔。

……あ、好き。

なぜか突然、前触れもなくそんな感情が心の中にあふれた。

私は、この幼なじみが、好きだ。

自分の気持ちに名前を見つけたら、それは驚くほどストンと落ち着いた。まるでもうずっと昔から、その感情が胸《むね》の中にあったように。

……ねぇ、楓くん。この気持ちを打ち明けたら、楓くんはどう思うのかな。

今はまだ言えそうにもないけど、いつか言える日が来るのかな……。

そんな淡《あわ》い期待を抱いていた。――中学二年生までは。

中二の冬。お父さんの仕事の都合で急きょ引っ越すことになったことが原因で、私と楓くんは離ればなれになってしまった。

ちゃんとお別れすることができず、おたがいケータイも持っていなかったから、連《れん》絡《らく》も取れなくなった。

——そして、それから三年。

今日、私は彼《かれ》に会うため、このバス停へとやってきた。

このあたりは田舎だから、街に出る道は一本しかない。つまり高校に行くためには、必然的にこのバス停を通りかかることになる。

ここにいれば、楓くんはきっと来るはずだ。

「寒……」

バス停の横に立ち、体を縮こませながら楓くんを待つ。

小さい頃の楓くんは、私のことをカイロみたいだって言って、冬になると手を離してくれなかったっけ。

楓くんは覚えてくれているのだろうか、そんな日のことを。

はぁ、と吐《は》いた透明《とうめい》な息が空気中に消えていく。

何度思いうかべたかわからない楓くんの顔を、もう一度頭の中で描いた、その時だった。

——サクッ……。

落ち葉を踏《ふ》みしめる音が耳に届いたのは。

顔を上げれば、こっちへ歩いてくる人の姿を視認して、思わずぎゅっと手を握《にぎ》りしめる。

ドクドクと、過敏《かびん》に心臓が反応する。

——楓くんだ。

まっすぐで黒かった髪は、ふわっとセットされミルクティー色に。第一ボタンしかはずしていなかった学ランは、着崩《きくず》された制服に。白くて陶器《とうき》のようだった耳は、ピアスでにぎやかに。

私の記憶《きおく》の中の楓くんとは、まるで変わってしまった。

でもやっぱり楓くんは、あの頃から変わらずかっこよくて。

私の視線をつかんで離さない、そんな魔法《まほう》の効力は、今も健在らしい。

耳にイヤホンをさし、スマホをいじりながらこちらへ歩いてくる楓くん。

動くこともできず立ちつくしていると、視線をスマホに落としたまま、楓くんが私の横を通り過ぎていく——。

「——楓くん！」

離れていく背中に向かって、大声で呼びかけたその時だった。

楓くんがふと立ちどまった。

届いた……。

イヤホンを耳からはずしながら、こちらを振り返る楓くん。

その瞬間、私の姿を認めた瞳が驚きに見開かれた。

「……十羽？」

私の名前を呼ぶ、あの声が、一瞬にして私の心を埋めつくす。

思わず泣きそうになる。

目の奥がジリジリ痛んで、視界がぼやけて。

あぁ、楓くんの瞳の中に私がいるんだって、それを実感しただけでまた泣きそうになる。

でも、楓くんに見ていてほしいのは、泣き顔なんかじゃなくて笑顔だから。

私は今にもあふれそうな涙をこらえて、精いっぱい明るくこしらえた笑みを浮かべた。

「楓くん、久しぶりっ！　驚いた？」

「なんでおまえが……」

「楓くんに会いに来たんだよ」

楓くんはあっけにとられたように立ちつくして、にっこり笑う私を見つめている。

歩みより、彼の前に立つ。

「会わない間に楓くん、背伸《せの》びたねぇ。でもなつかしい。昔と変わらないなぁ」

……ねぇ、少しやせたかな。

背伸びをして、楓くんの頭の方へ手を伸ばした。

それは、何気なく。ぽんぽんって、昔よくやったみたいに楓くんの頭をなでようとして。

だけどその手は、髪に触れようとした寸前で、突然伸びてきた腕に荒々《あらあら》しくつかまれていた。

そして楓くんの口から飛び出したのは、怒りにも混乱にも苛立《いら》ちにもとれる声だった。

「なんで来たんだよ」

「……え？」

予想だにしなかった拒絶《きょぜつ》の言葉に、私は目を見張る。

なんでって……。

「会いたくなかった」

「……っ」

長めの前髪の陰《かげ》になって、楓くんの瞳をうかがいしることはできない。

だけど、とても冷たいまなざしが向けられていることは明白だった。

胸が痛い。直接わしづかみされているのかと、錯覚《さっかく》してしまうほど。

だって、こんなにも負の色に染まった言葉を楓くんから向けられたことなんて、今まで一度としてなかった。

言葉を失って、なにもできずにいると、雑に手が離された。

そして私の目を見ないまま踵《きびす》を返し、楓くんが行ってしまう。

「ま、待って……っ」

思わず伸びていた手が、楓くんのセーターの裾《すそ》をつかんでいた。

今楓くんから離れちゃいけない、そう思ったら勝手に手が伸びていて。

一瞬、ふたりの間に流れる時間が止まって、静けさが訪れる。

すると、楓くんがこちらに背を向けたまま、静寂《せいじゃく》を破った。

「──さっきおまえは俺のこと変わってないって言ったけど、変わってなくねぇよ」

「え?」

私が頼《たよ》りない声をあげた次の瞬間《しゅんかん》、楓くんがこちらを振り返る。

と同時に迫《せま》るように手が伸びてきて、私の顔の横をかすめたかと思うと、背後の塀《へい》にドンッとあたった。

「……っ」

気づけば、私の体は塀と楓くんにはさまれていて。

身動きが取れない状況《じょうきょう》に混乱しながら視線を上げると、私を見下ろす楓くんは冷酷《れいこく》な笑みを浮かべていた。

「十羽さ、油断しすぎ。おまえみたいな弱い力じゃ、力ずくでどうにでもできる」

楓くん、突然どうしたの……？

「でも……でも、楓くんはそんなことしない」

騒《さわ》がしい鼓動《こどう》をどこか遠くで聞きながら、私はまっすぐに楓くんの瞳を見返した。

だって今目の前にいるのは、正真正銘《しょうしんしょうめい》幼なじみの楓くんなのだ。

すると、楓くんは長いまつ毛を伏せ、形のいい唇だけを動かした。

「俺はもう十羽が知ってる楓じゃねぇから」

「え？　それって、どういう……」

戸惑いを口にすると、再び顔を上げた楓くんと視線がかちあい、ミルクティー色の髪からのぞくその瞳に射すくめられる。

ドキン、と心臓が大きく揺れる音がした。それは、ときめきとはかけ離れた、恐怖にも似た動揺《どうよう》だった。

色素が薄くて宝石のようにきらめいていた瞳は、今は真っ暗で底の見えない海のように見えて。

やがて楓くんは私をあざ笑うように、ふっと口の端《はし》を上げた。

「今の俺は十羽が思うより優しくなくて、十羽が思うより汚《きたな》いってことだよ」

目の前に広がるこんな笑顔、私は見たことない。

なにも言えずにいると、あっさりと塀から手を離し、その手をズボンのポケットに突《つ》っこんで、何事もなかったかのように歩いていってしまう。

「楓くん……」

届いたはずのその声に、楓くんが反応してくれることはなかった。

後ろ姿を見つめ、立ちつくす私。

……ねぇ、楓くん。

心の中で問いかけ、ぎゅっとこぶしを握りしめる。

楓くんなら、わかってるよね？　私が、こんなことくらいで引きさがるようなやつじゃないってこと。

ぐっと下唇を噛みしめ、楓くんの背中を見つめる。

いいよ。何度手を振りはらわれたってへこたれないって、そう決めたの。

今度こそは、楓くんの隣にいるから。

「覚悟《かくご》しててね、楓くん」

楓くんに伝えなきゃいけないこと、たくさんあるんだよ。

だれもいない校舎で

『十羽は幼なじみだよ。それ以下でもそれ以上でもない。ましてや恋愛《れんあい》感情をいだくなんてありえないよ』

クラスメートの女の子にそう話す楓くんの声が、今もまだ鮮明《せんめい》に耳の奥に残っている。

夕暮れのオレンジ色の光がさしこむ教室。

そこから聞こえてきた楓くんの声を耳にして、廊下のど真ん中に立ちつくし、動けないでいる私。

あの日――中二のある秋の日、私は楓くんの気持ちを初めて知った。


薄暗くなってきた空の下、ミルクティー色の髪が風に揺れる。

そしてそのまわりには、同じ風にたなびく茶色や黒の髪。

「あははっ、もう楓ってばー」

キャッキャとピンク色に染まった女の子たちの声が、あたりに響く。

離れている間に、楓くんは驚くほどのプレイボーイへと変貌《へんぼう》していた。

今も楓くんをはさむようにして、女子が三人歩いている。

みんな、楓くんの腕にからみついたり背中に触ったりと、ボディータッチがやたらと多い。

そして、その光景を木の陰から見つめる私。

イケメンをストーカーしてるとでも思われそうなこのシチュエーション。

実際は楓くんが高校の冬季講習を受けているという情報を仕入れ、帰ってくるところを待ち伏せしていたのだけれど、まさかこんな現場に遭遇《そうぐう》してしまうとは。

相変わらずモテてるなぁ……。

その光景を前にして、ズキズキと胸が痛むけど、私にはどうにもできないことだ。

人形みたいに整った容姿の楓くんは、昔からそれはそれはモテモテだった。

しょっちゅう呼び出されては告白されてたっけ。

でも、一度として告白をOKしたことはない……はずだけど、今はどうなんだろう。

帰るのか、楓くんに手を振って取り巻きからひとり離れていく女子を目で追う。

おそらく年上の彼女は、思わず見とれそうなほど美人で。

楓くんのタイプって、ああいうお色気のある人なのかな。

そんなことをぐるぐると考えていた、その時。

「──こんなとこで、なにしてんだよ」

背後から突然ぶつけられた声。

バッと振り向くと、そこには不機嫌《ふきげん》さを隠《かく》そうともしない表情の楓くんが立っていた。

「か、楓くん……っ！」

あれ⁉　さっきまで、あっちにいなかった⁉

というか、これじゃあ完全に盗《ぬす》み見してたシチュエーションだ。いや、実際盗み見してたんだけど……。

「会わない間にのぞき魔になってたとはな」

「ち、ちがうから！　楓くんに話しかけるタイミングを失っちゃって……」

弁解する私に、楓くんはふっと唇に笑みをのせた。

あ……昨日の自嘲《じちょう》気味の笑顔……。

「まぁ、見てたなら話は早いな。あーいうことだから」

淡々《たんたん》として、冷えきった語り口。

ああいうこととは、女の子と遊んでることを指しているのだと、すぐに理解する。

「今の俺見て、幻滅《げんめつ》しただろ。もうあの頃の俺とは、ちがうんだよ。わかったら、さっさと帰れ」

そう言いながらこちらに背を向け、立ちさろうとする楓くん。

その背中に向かって、私は声を放つ。

「──でも、楓くんは楓くんだよ」

「は？」

私の言葉に、楓くんが足を止めて振り返る。

私はまっすぐに楓くんの目を見すえた。

「私のこと見つけてくれたし、無視しないでくれる。楓くんは、楓くんが思うより優しくて綺麗だよ」

昨日だって今日だって、無視するならできたはず。それなのに、声をかけてくれた。

今も、女子たちと話してたのに来てくれたんだろう。

どんなに言葉では突きはなしても、優しいところはやっぱり変わってない。

私は楓くんに笑顔を向け、得意げに言った。

「私だって、だてに幼なじみやってないからね」

だから、自分を否定するようなことばかり言わないでほしい。

楓くんが言葉を失ったかのように私を見つめる。

と、そこで私はあることを思い出し、弾《はじ》けるように声をあげた。

「あっ、そうだ！　今日は楓くんと行きたいところがあるんだった！」

「行きたいとこ？」

「うん、私たちの中学校！」

「やだよ、めんどくせー」

私の提案をぴしゃりと一蹴《いっしゅう》する楓くん。

そうくると思いましたとも。甘いなぁ、楓くん。めんどくさいが私に通用するわけないじゃない。

「だめだよ。もう決定事項《じこう》ですから」

「は？」

私はニッと笑い、楓くんの腕をつかんだ。


——それから数十分後。

「さ、入ろうか」

「ふざけんな、不法侵入《ふほうしんにゅう》だから」

中学校の校門の前には、行く気満々の私と、笑顔で額《ひたい》に怒りマークを浮かべる楓くんが立っていた。

なんだかんだいっつも、最終的にはこうしてついてきてくれた楓くん。

中学校に着いた頃にはあたりはもうすっかり暗くなっていて、校舎には明かりひとつついていない。

「大丈夫だよきっと。私たち、卒業生だし」

「そーいう問題じゃねぇだろ」

隣であーだこーだ言ってる楓くんはスルーして、鉄の柵《さく》に足をかける。

そしててっぺんまで上り、柵に腰《こし》かけた……はいいものの。

「た、高い……」

下りる方法は盲点《もうてん》だった。

二メートル下の地面を目のあたりにすると、一気に恐怖心が襲《おそ》ってくる。

「どうしよう〜楓くん……」

助けを求めるように涙目で振り返れば、私の様子を傍観《ぼうかん》していた楓くんがあきれたようにため息をついた。

「ったく、しょうがねぇな……。まじで世話やける」

そう言って重い腰を上げたかと思うと、柵に足をかけ、軽い身のこなしでやすやすと柵を飛び越えた。

それは、あっという間の出来事。

すごい！　やっぱり運動神経抜群《ばつぐん》！　なんて、ひとりで盛りあがっていると。

「ほら」

楓くんがこちらを見上げ、私に向かって両手を広げた。

「下りられないんだろ。受けとめてやるから」

「え……？」

「楓くん……」

楓くんにそう言われて、断るなんて選択肢はあるはずがなかった。

心に広がるのは、恐怖心に勝る信頼感《しんらいかん》。

私はぎゅっと下唇を噛みしめると、柵を蹴《け》り、宙へ身を投げ出した。

その体をふわりと抱《だ》きとめてくれる腕。

飛びおりた勢いでトン、と楓くんの肩に顔があたった拍子《ひょうし》に、甘い香《かお》りがふわっと鼻腔《びこう》をくすぐった。

女ものの香水のにおい。私が知ってる、大好きな楓くんの香りじゃない。

さっきの……女の子のにおい、なのかな。

そう思うと、ちくりと胸が痛む。

なんとなく、手を伸ばしても届かないほど遠くに行ってしまったかのような感覚を覚えて。

「あ、ありがとう」

足が地面に着くと、体を離しつつお礼の言葉を口にする。

でも、なんでか顔は上げられなくてうつむいていると、楓くんが「ん」と短く返事をして、校舎の方へ歩いていく。

その足音に気づき、私は顔を上げた。

「え、楓くん？」

思わず呼びとめると、楓くんが涼しい顔でこちらを振り返った。

「なに？」

「なにって、そっち校舎だけど……」

帰り道は反対方向だ。

きょとんと突っ立っていると、けげんそうな表情を向けられた。

「行くんだろ。十羽が言ったんじゃん。もう柵越えちゃったし、しょうがねぇから付き合ってやるよ」

「楓くん……」

『とわちゃん、ぼくのてにつかまっててね。ぜったいにぼくがまもってあげるから』

そう言って、怖がりな私の手を何度も引っぱってくれた記憶の中の楓くんの姿と、今の楓くんとが重なる。

やっぱり優しい。やっぱり——好きだ。

「……ありがとう！」

私は顔をほころばせ声を張りあげると、楓くんのあとを追った。

中学生の頃発見した秘密の侵入口から、校舎へもぐりこむ。

二年生のフロアを足早に通りぬけつつやってきたのは、三階のある教室の前。

『一年五組』のプレートが壁に立てつけてある、私と楓くんが同じ時間を過ごした一年生のクラスだ。

教室に足を踏みいれれば、なつかしい光景が目の前に広がった。

「あ、私の席だ！」

廊下側の自分の席を見つけ、心を弾《はず》ませながら駆けよって座ってみる。

「そうだそうだ、この感じ。新学期すぐの席がえで、楓くんと前後になったんだよね」

〝大園〟と〝三好〟だから、クラスがえしてすぐは席が離れてしまうのだけれど、席がえすると約九十パーセントの確率で近くの席になる私たち。

机に座ってなつかしんでいると、楓くんも私の前の席に座った。

「授業中によく、先生の目を盗んでメッセージのやり取りしてたっけ……」

ルーズリーフの端っこにメッセージを書いて、先生に見つからないようにふたりでやり取りしてた。

放課後どこで遊ぼっか、とか、今日の夕飯なんだと思う？　とか、そんなくだらない話題ばっかりだったけど、楽しくて。

話しながら、中学の頃の記憶が次々とよみがえってくる。

「クラスの女子、みんな楓くんのこと好きだったよね。何度告白現場を見たか」

机に肘《ひじ》をついてそうつぶやくと、楓くんが振り返り、体をこちらに向けた。

「へ〜、中学の頃からのぞき魔だったんだ」

「ちがうよ、楓くんがモテモテなのが悪いんですーっ」

まったく、人の気も知らないで。そんな光景を見ては、いつもモヤモヤしてたんだから。

「今もモテモテだよね、楓くん。女の子が楓くんのことを放っておくはずないもんなぁ」

少し不満げにそうつぶやくと。

「十羽は？」

「え？」

反射的に楓くんへ視線を向けると、ふと手が伸びてきて、その手が私の髪をなぞった。

さらりと、いつくしむような手つきで。

「……っ」

「この髪、ほかの男に触られた？」

私の目を容赦《ようしゃ》なく見つめてくる、色っぽくつややかな瞳。

暗い教室の中でも、瞳だけは月明かりを受けて存在感を放っている。

私は今にも口から出そうなほどに暴れている心臓の鼓動を聞きながら、全力で否定するようにふるふると首を横に振る。

「ないない。高校でもクールな人って思われてたし」

「ふーん」

楓くんが頬づえをしたまま、感情の読みとれない表情を浮かべる。

そして。

「簡単に触らせんなよ」

無機質な目でそう言って、再び私の髪をなぞった。

肩ほどまでしかない私の髪を、器用に指にからめる。

「え……？」

「おまえ、隙《すき》ありまくりだから」

ドキン、と心臓が揺れる。

ねぇ、楓くん。それって……。

「それって、幼なじみとしての忠告……？」

静かにたずねると、楓くんは視線をなため下に向け、表情をなにひとつ崩さないまま
つぶやいた。

「そうだね」

それは、まっすぐで揺るぎのない声だった。

……そっか、そうだよね。

そんなの、わかりきったことなのに。私ばかだから、一瞬期待しちゃった。

自分だけがいだいているこの感情をさとられないように、無理やり笑みをつくる。

「私に近づいてくる人なんていないから大丈夫」

「だから、そーいうとこだよ、あほ十羽」

「う……」

会わない間に、とてつもなく毒舌になってる楓くん。

それに、色気だってダダもれだし……。

ニコニコしてる楓くんしか知らないから、こんなに色気たっぷりな楓くんは、やっぱりなれずに緊張してしまう。

でもこうやって、どんな楓くんの表情も一瞬たりとも取りのこすことなく見つめていたいと思う。

帰り道。街灯も少なく、人通りもまったくといっていいほどない田舎道をふたりで歩いていると。

「そういえば」

不意に、楓くんの耳心地のいい声が真っ暗な静寂を破った。

「ん？」

「いつからこっちに戻ってきてたんだよ」

「ちょっと前にね」

「高校は？」

「ほら、楓くんの高校の隣の」

「あー、北高《きたこう》？　そこに転校したの？」

「うん、そう！」

「へー。千隼《ちはや》くんは元気？」

「えっ、千隼？」

千隼の名前が出てくるなんて思ってもみなかったから、思わず隣を歩く楓くんを仰ぎ見る。

千隼は、私の三つ年下の弟だ。

「うん、千隼なら元気。中学も、偏差値《へんさち》が全国二位の学校に合格したんだよ。でも、楓くんから千隼の話が出るなんて意外」

「まぁ俺、そーとー嫌《きら》われてたしな、千隼くんには」

「あはは……」

否定しようがなく、私は思わず苦笑いを浮かべる。

なぜか千隼は、楓くんのことを嫌っていた。

小さい頃はたまに三人で遊ぶこともあったけど、いつしか千隼が楓くんに対して辛《しん》辣《らつ》な態度を取るようになった。

もともとの千隼のクールな性格も相まって、楓くんはいっつもタジタジだったような。

姉である私ですら「十羽」って呼び捨てにされて、話しかけてもほとんど相手にされない。

そんなクールな性格のくせに、千隼はかわいいくりっとした垂れ目で、一見冷たい印象を与える目つきの私とは正反対。中身と外見が入れかわってるみたいだね、って言われることもしばしば。

「ま、元気ならよかった」

楓くんがぽつりとそうつぶやいたところで、私は見なれた路地前まで来ていることに気がついた。

右ななめ前に見える路地を入っていったところが、昔住んでいた場所だ。

「あっ、楓くん。ここまでで大丈夫だよ」

「いーよ、最後まで送ってくし」

「ううん、ほら、千隼に遭遇しちゃったら大変だし、ここでほんとに大丈夫」

「……ふーん？」

不服そうな楓くんの視線から逃げるように、私は路地へと駆け、少し離れたところで楓くんの方を振り返る。

「今日は送ってくれてありがとう。おやすみ！」

「ん」

短く返すと、こちらに背を向けて歩いていく楓くん。

楓くんの背中が遠ざかっていく。

やがてその姿が見えなくなると、私はぷつんと糸が切れたように、へなへなとその場にしゃがみこんだ。

「はぁぁぁ……」

ずっと我慢《がまん》してたけど、もう限界だ。よく今までたえたと思う。

……あぁ、もうずるいよ、楓くん。

閉じこめられていた檻から解放されたかのように、心臓が騒ぎだす。

楓くんが触れた髪も手も、思い返すたびにその感覚が鮮明によみがえる。

楓くんにその気はないって頭ではわかってるのに、いちいち反応して〝好き〟がどんどんつのっていってしまう。

やっぱり、どうしようもなく好きだなぁ、君のことが。

心の奥の泣き声は聞こえないふりをして、本音はじっと隠す。

君の前では笑っていたいから。

小さな手

「三好さぁ、最近なんかあった？」

冬休み課外授業、最終日。購買《こうばい》で買ったパンの袋《ふくろ》をベリッと開けたところで、机をはさんで向かい側に座っていた黒瀬翼《くろせつばさ》が、突然俺の顔をのぞきこんできた。

バスケ部の部長を務める黒瀬とは中学からの付き合いで、本人には絶対言わないけど、高校の同級生の中で俺が唯一《ゆいいつ》気心を許してるやつ。

黒瀬はすがすがしいほどにまっすぐで単純だから、俺も無駄《むだ》な気を使わずにいられて楽。

その黒瀬が、正解でも言いあてたようなしたり顔を俺に向けて、無言で返事を促《うなが》してくる。

「なんだよ、急に」

「なんとなく、ぼーっとしてるようなことが多い気がするからさ。俺にはわかる！なにかあったろ」

「ぼーっとね。最近って言ったら、十羽が帰ってきたけど」

俺の言葉に、前のめりになって驚きのリアクションを見せる黒瀬。

「えっ、あの幼なじみの十羽ちゃんが!?」

「なれなれしい。下の名前で呼ぶな」

笑顔でけん制すると、黒瀬はぶーぶーと口をとがらせる。

「いーじゃねぇかよー。俺だって中一ん時は同じクラスだったんだから」

黒瀬の言うとおり、中一の時は十羽と黒瀬と俺は同じクラスだった。

中二になって、俺と黒瀬は十羽とクラスが離れたけど。

「あの子、クールだったよな。クールガールと校内一のイケメンが幼なじみでさ、最初はその組み合わせに驚いたなー」

遠い日をなつかしむような表情を浮かべ、腕を組んでうんうんとうなずく黒瀬。

……クール、か。やっぱりそういうふうに見られがちなんだよな、十羽は。どっちかっていうと、クールとは正反対のようなやつなんだけど。

「あいつ、あれで感情表現が苦手なだけだから、全然クールなんかじゃねぇよ。ゲラゲラ大口開けて笑うし、すっげぇ涙もろいし」

俺の言葉を聞くと、初めて知ったらしい事実に、黒瀬がこれでもかってくらい目を見開いた。

「えっ、まじで!? 衝撃《しょうげき》の新事実なんだけど! ギャップ萌《も》えだわ! くそー、もっと早くそのこと知ってれば……！」

そうそう。黒瀬はまっすぐなやつだけど、声がうるさいのが難点。

ったく、声の加減くらいできるようになれよな。教室中に思いっきし響きわたってるっつーの。

俺は心の中で毒づきながら、カフェオレのパックにストローをさした。

「安心しろ。どっちにしても、おまえにはやらねぇから」

「え～っ、なんでだよ！」

「幼なじみの権限」

「出たー、過保護の三好くん。つーか三好ってさぁ」

と、その時。

「楓～っ！」

なにかを言いかけた黒瀬の声をふきとばすような黄色い声が、廊下の方から飛んできた。

そちらに目を向ければ、女子ふたりが廊下側の窓の外から身をのり出すようにして手を振っていて。

「おー、レナちゃん、ミサちゃん」

「おはよーっ！」

笑顔をこしらえて、ひらひらと手を振り返す。

「おはよー。あ、レナちゃん髪切った？」

「うそ、気づいてくれた？」

「あたり前。ミサちゃんも、そのグロス似合ってんね」

「きゃーー！　ありがと、楓ーっ！」

「いーえ」

またね～と上機嫌に去っていくふたりの姿が窓枠《まどわく》から見えなくなったところで、黒瀬がうらめしそうな視線をこちらに向けてきた。

「相変わらず、ムカつくほどにモテモテだなぁ、三好」

「なに、ねたんでんの？」

「うっせー、ちがうわ！」

俺はへらりと笑うと、カフェオレを手に取り、ストローを口にくわえた。

こんなとこ見たら、十羽ちゃんが悲しむんじゃねぇの？　なんて、そんな黒瀬の言葉は笑顔でスルーして。

高校から自宅までは、徒歩で行くとそれなりに距離《きょり》がある。山をひとつ越えたところに家があるからだ。

それでも気分転換の時間とも思えば、徒歩通学もたいして苦じゃない。

やがて、自宅最寄りのバス停にさしかかる。

すると、……いた。

マフラーに顔をうずめ、バス待合所《まちあいじょ》の長椅子《ながいす》に腰かける、あいつが。

「十羽」

「……あっ、楓くん！」

待合所の入り口から声をかけると、顔を上げるなり笑顔を浮かべる十羽。

「おかえり。楓くん、ここなら通るかなって待ってたの」

長椅子に腰かけながら、横に座っている十羽を見やる。

「いつから待ってたんだよ」

「うーんと、今さっき、かな」

そう言って、微笑む十羽。

うそつけ。そんなに鼻赤らめて、なにが今さっきだよ。

俺は吐きすてるように言葉を投げつける。

「おまえ暇《ひま》なの？　俺が何時に帰ってくるか知らないくせに、ずっと待ってたとか」

すると十羽が正面を向き、目もとにかすかな笑みを残したまま口を開いた。

「楓くんに、おかえりって言いたくて」

「え？」

十羽の口から紡《つむ》がれたのは、思いがけないほど、まっすぐで芯《しん》の通った声だった。

「クリスマスイブ、四回も一緒にいられなかったから」

不意の言葉に、俺は思わず言葉をつまらせる。

十羽は、覚悟の決まったような瞳で正面を見すえていて。

クリスマスイブ。それは、俺たちにとって特別な一日。正確にいえば、俺にとってなんだけど。

「おばさんの代わりに私が楓くんの隣にいるって、そう約束したのに。隣にいられなくてごめんね」

悲しみと罪悪感に染まった十羽の声が、冷たい空気に溶けていく。

――十二年前の十二月二十四日、幼稚園から帰ると、母がいなくなっていた。

母は、男と出ていった。親父と俺を残して。

まだ五歳《ごさい》だった俺の心を支えたのは、十羽だった。

『かえでくん、とわがそばにいてあげる。かえでくんがかなしいときは、そのぶんとわがとなりでわらっててあげるっ』

あの日――忘れたくても忘れられない十二年前のクリスマスイブ。小さな体で俺を抱きしめそう言った十羽の声が、頭のどこかで再生される。

俺より泣きじゃくってるくせに、気丈《きじょう》に振るまって。

そんな幼なじみが、いつでも俺の隣にいた。

「だからできるだけたくさん、ありったけの思いを込《こ》めて、おかえりって言おうって決めたの。私、約束破ってばっかりだから」

正面を見つめたまま、決心したかのように、ぎゅっと口を結ぶ十羽。

……ったく、こいつは。

俺はなにも返さず手を伸ばすと、膝《ひざ》の上で握りしめられている十羽の手を取った。

そして、その手を握ったまま、俺のズボンのポケットに入れる。

「えっ、楓くん？」

肩を揺らし、十羽が驚きの反応を見せる。

「うるせー、ばか。俺のせいで風邪ひかせたら、気分が悪いんだよ」

こんなに手を冷やして、俺を待っていた十羽。

ちっさい手。

……あぁ、腹立つ。

バス停から手前の十羽の家までは、二十分ほど。

俺たち以外人影のない田舎道を、つないだ手をポケットに入れたまま歩く。

容赦なく体温を奪《うば》っていく北風が、体にからみつく。

「さぶ」

もともと寒がりなこともあって身震いしていると、隣から対照的にうれしそうな笑い声が聞こえてきた。

「ふふ」

思わずもれてしまったとでも言うような、十羽の笑い声。

この寒さでそんなに元気そうとか、どんな猛者《もさ》だよこいつ。

「なにひとりでニヤニヤしてんの」

「んー？　なんかね、思い出しちゃってたの。小学校からの帰り道、よく猫とかチョウとか追いかけて、ふたりで迷子になったなぁって。何度やっても、また繰り返してさ。で、真っ暗になった頃にやっと家にたどりつくっていうね」

十羽の言葉に引っぱられるように、俺の脳裏にも、幼い頃の情景が思い起こされる。

『かえでくん、ここどこ？　ぐすっ、こわいよー……』

『とわちゃん、だいじょうぶ。ぼくがおうちまでつれてってあげるから』

必死に握りしめてくる自分より小さな手に、この子は俺が守ってあげなきゃという強い自覚がめばえた。

泣き虫で怖がりな幼なじみが、あの日も今も隣にいる。

「あの時も楓くん、こうやって私の手握ってくれてたよね」

「俺だって泣きたいってのに、おまえが泣きやまねぇんだもん」

でも、十羽が自分を頼ってくれている、あの頃はそれがうれしかった。

すると、十羽が目を細め笑みをこちらに向けた。

「なつかしいね」

……あれ、十羽って、こんな顔で笑ったっけ。こんなに、すべてを達観したような大人びた顔で。

ふと感じた違和感《いわかん》に気を取られていた、その時。

「ギャハハッ」

突然後ろの方から嬉々《きき》とした声が聞こえてきて振り向くと、男子中学生が乗った自転車二台が、こちらの方へ走ってきていた。

飛ばしてんなー、とあきれたのも束の間、俺は自転車の一台が十羽に向かって迫ってきていることに気づいた。

このままじゃ、確実に十羽にぶつかる。

「……っ」

気づけば反射的に十羽の肩をつかみ、自分の方へと引きよせていた。

「わっ」

小さく声をあげる十羽。

次の瞬間、シュンッと風を切って、十羽がさっきいた場所を自転車が通りぬけていった。

まるで十羽に気づいてないかのように、男子中学生たちはばか騒ぎをしながら走りさっていく。

「あいつら、危ねぇだろ」

自転車が去っていった方を見ながら、思わず憤《いきどお》った声をこぼすと、下から声が聞こえてきた。

「楓くん、ありがとう……」

「別に――」

そう言いかけて、言葉のどこかで声が途切《とぎ》れたのを感じた。

下を向いた瞬間、すぐそこにあった十羽の瞳と俺のそれとが、ばっちり交わったから。

十羽を腕の中に閉じこめていたことを、ようやくそこで認識する。

十羽もこの距離は予知していなかったのか、その顔からハッと笑みが消えた。

腕の中にいる十羽と俺の顔の間には、数センチの距離しかない。

肌《はだ》、白。相変わらずまつ毛なげぇ。

……キス、できそ。

こんなシチュエーションで、こんな絶好のタイミングで。たぶん目の前にいるのがちがう女の子だったらキスしてた。

――でも、十羽だからしない。

俺の全部が、俺のことを止めていた。

「……見とれすぎ」

わざと挑発するような笑みを浮かべると、十羽がハッと我に返ったようにあわてだす。

「……あっ、えっ、ちがうから！　たしかにすんごくかっこいいけど、今さらこんな道端《みちばた》で見とれないって！」

「おい。俺が恥《はじ》かいたみたいでムカつくんだけど」

「ふはっ」

ふきだすように十羽が笑った。俺の知ってる、いつもの屈託《くったく》ない笑顔で。

やがて十羽の家の近くまでやってきた。

家に入っていく路地の前で、十羽が立ちどまる。

「ここで大丈夫。送ってくれて、ありがと」

……またここまでかよ。まぁ、そう言うなら、俺も無理やり送っていくつもりはねぇけど。

「ん」と返事をすると、ポケットにしまっていた俺の手から十羽の手がするりと離れていく。

「じゃーな」

片手をあげ、体の向きを変えて立ちさろうとしたその時。

「……待って……！」

突然後ろから、ぎゅっとセーターの裾をつかまれ、俺は思わず足を止めた。

「ん？」

突然なに？

ゆっくりと振り向くと、十羽がまっすぐにこちらを見上げていた。

「明日も、楓くんに会いたい」

「……は？」

予想外の言葉に思わずそれだけ言うと、十羽が少し落ちこんだように眉《まゆ》を下げて笑った。

「あ、いや、楓くんが忙《いそが》しかったら、全然いいんだけ――」

「学校、あるけど」

遠慮《えんりょ》しようとした十羽の声にかぶせるように口を開く。

「え？」

「委員会で学校行くから、あそこで待ってれば？　あのバス停で」

「ほんとっ？」

十羽がぱっと顔を上げ、俺を見つめた。

まるで奇跡《きせき》が起きたかのように、瞳の奥をキラキラさせて。

「ほんと。何時頃ならいられんの？」

「六時くらい、かな」

「じゃあ、六時くらいに合わせて帰るわ」

「うん……！」

……なに言っちゃってんだろ、俺。

だけど、十羽のうれしそうな顔を見たら、撤回《てっかい》することができなくて。

「楓くん、また、明日」

ひと言ひと言噛みしめるように言って、十羽が口を結んで笑う。

十羽の声で紡がれるその響きに、胸の奥でなつかしさが広がった。

物心ついた時から、十羽と別れる時には必ず言いあっていた『また明日』。

その言葉をまた十羽の口から聞く日が来るなんて、思いもしなかった。中二の冬、十羽が目の前からいなくなってから。

……だけど、俺は答えられなかった。

「ん、じゃあな」

路地へ駆けていく十羽の後ろ姿を見つめていると、不意に制服のポケットの中で、スマホが振動《しんどう》した。

スマホを取り出し、ディスプレイに視線を落とす。

《来週の日曜、ふたりで遊ぼー！》

そこに表示されていたのは、数度しか会話を交わしたことがない女からのメッセージ。


……やっぱり、もうあの頃には戻れない。

俺はスマホをしまうと、踵を返した。

あいつを――十羽を、振りきるように。

再会なんてしたくなかった。このまま会わないでいたかった。

でもずっと、会いたかった。

ふたつの思いが渦巻《うずま》く俺の心は、やっぱりおまえをまっすぐに見られない。

思えば思うほど

「あ。明日は俺バスケの練習試合あって、ここ来られねぇから」

「えっ!?」

せっかく待ち合わせの約束をしたというのに、翌日さっそく会えない宣言をされてしまった。

しかもバス停からの帰り道に、会話につけたすくらいのさらりとした言い方で。

「バスケの練習試合って、楓くん部活入ってたの?」

実は、そこに一番驚いていたりする。

だって、中学の頃から帰宅部だったから、高校もてっきりそうだと思ってた。

すると楓くんはミルクティー色の前髪をいじりながら、その緩慢《かんまん》な動きとは相反して即答《そくとう》した。

「や、安定の帰宅部」

「じゃあなんで?」

「黒瀬に頼《たの》まれて助っ人。バスケ部、急きょ人数が足りなくなったらしいんだよね」

楓くんの口から飛び出したなつかしい名前に、思わず顔がほころぶ。

「黒瀬くん！　わー、なつかし〜。そっか、黒瀬くん中学でもバスケ部だったね」

同じクラスだったのは中一の時だけだったけど、黒瀬くんのことはよく覚えてる。

だって、楓くんの親友だから。

明るくハツラツとした黒瀬くんと、優しくおだやかな楓くんは正反対だったけど、当時からすごくいいコンビだと思ってた。

そっかぁ、今も仲いいんだ。

そういう話を聞くと、なんだか私までうれしくなってしまう。

それにしても、楓くんすごい。助っ人なんて。

楓くん、運動神経いいから、中学でもいろんな部活から勧誘《かんゆう》受けてたもんね。

でも、楓くんはなぜかそれらすべてを断っていた。

なんで部活に所属しないのか、私には不思議でしょうがなかった。楓くんが部活に入ったら、どんな部でも即レギュラーになれるくらいの戦力だ。

どうしてって中学の頃聞いたら、

『俺には、部活より大切なことがあるから』

なんて、とびきりの笑顔ではぐらかされちゃったけど。

とはいえ、楓くんがスポーツを楽しむ環境《かんきょう》があるのなら、それは私にとっても喜ばしいことだ。

「試合、がんばってきてね！」

「まー練習試合だから、そんな大層なものじゃねぇけど。地元の総合体育館でやる、規模のちっちゃい試合だし」

「へぇ〜」

うんうんとうなずき耳を傾けながらも、私の意識はちがう方へ向いていた。

頭の中を駆けめぐるのは、楓くんが華麗《かれい》にゴールを決める姿。

バスケをする楓くんなんて、絶対かっこいいに決まってる……。


……そんなこんなで、来てしまった。

楓くんの勇姿をひと目見たくて、総合体育館へ思わず足を運んでいた私。

楓くんがバスケをしてる姿を拝める機会なんて、きっとこの先ないだろうから、十分すぎるくらいに目に焼きつけたい。

観客用となっている二階には、大勢のギャラリーが押しかけていた。

その九割というか、ほぼすべてが女子。

みんな手すりに張りつくようにして、熱い視線をコートに注いでいる。

その視線の先には、そう。

「楓く――ん」

助っ人として試合に参加することになった楓くんだ。

私は手すりに近づくこともできず、人の隙間からコートをのぞく。

すると、ちらりと楓くんの姿が見えた。

黄色い声援《せいえん》に応えるように、コートでアップをしていた楓くんが笑顔で二階に向かって、ひらひらと手を振った。

とたんに「きゃーっ‼」と、絶叫《ぜっきょう》にも似た歓声《かんせい》があがる。

す、すごい人気……。

「楓くん、フェロモンすごすぎ……」

「なんであんなにかっこよくて、色気もあって、完璧《かんぺき》なんだろう……」

楓くんのかっこよさに胸打たれたのは、私の前に立つ女子三人組も例外ではなかったようで、ため息の交じる恍惚《こうこつ》とした声が耳に届いてきた。

いけないと思いつつも、楓という名前が出てくると、ついつい三人の話し声に神経を向けてしまう。

「楓くんの彼女になりたーい！」

「西高《にしこう》の女子は、だれでも一度はそう思うよね」

楓くんと同じ高校の制服を着たその三人に、楓くんとはおむつをしてた頃からの付き合いなんだって自慢《じまん》したいと思ってしまう。

なんてったって、それが私の人生における唯一の誇《ほこ》りだ。

すると、右端の子が思い出したように口を開いた。

「そういえば楓くんって、最近は全然見かけないけど、中学の頃はいっつも幼なじみの女の子といたんだって」

「なにそれ」

「クールな感じの子で、そうとう仲よかったらしいよ。うらやましいよね〜、楓くんの隣を独り占《じ》めできるとか」

突然出てきた私の話題に、心がびくつく。

その幼なじみ、後ろにいます。なんて、口が裂《さ》けても言えない。

楓くんと私の仲について、人が話しているというこのシチュエーションに、今もまだ胸がざわつく。

「でも、恋愛対象じゃなかったって楓くんが言ってたって聞いたことある」

「まあそんな昔の幼なじみより、今はCクラの雪沢《ゆきざわ》さんが、楓くんの彼女候補筆頭でしょ。雪沢さん、楓くんにアタックかけてるらしいよ」

「まじで……!?」

「雪沢さんって、今年のミスコングランプリの子だよね？　くやしいけどお似合いかも」

「仲よく話してるとこもよく見るし、カップル成立は順当だってみんな言ってる」

「えー、うらやましすぎる……！　ずるーい！」

楓くんの、好きな子……。

楓くんのタイプとか好きな人の話とか、物心つかない頃から一緒にいて、一度も聞いたことがなかった。

だからか、三人の話はどこか現実味がないように感じられて。

あたり前だけど、楓くんには楓くんの環境がある。

いつまでも、私が知ってるあの頃の楓くんじゃない……。

と、その時、ピーッと笛の音が鳴りひびき、試合が始まることを知らせた。

「楓くん、がんばれーっ！」

前の三人組は、もう楓くんの応援《おうえん》へと切りかえている。

私も人と人の隙間から、コートを見つめる。

ボールを受けとり、ドリブルをしながらコートを駆けめぐる彼を見つけたとたん、押しよせるようになつかしさが胸に込みあげた。

体育やスポーツ大会のたびに、バスケをする楓くんに釘《くぎ》づけになっていた。

ほかにも男子はいっぱいいるのに、楓くんひとりだけが光を放っているかのように、私の視界は彼しか捉《とら》えられなくて。

今もそう。楓くんの姿に、私の心と視線はいとも簡単にとらわれてしまった。

「楓くん……」

意図せず声がもれたその時、コートを駆けていた楓くんがこちらを見た。

「……っ」

たしかに、視線が交わった。

一瞬楓くんの目が見開かれ、眉間《みけん》にわずかにしわが寄ったかと思うと、次の瞬間にはもうその視線はボールの方へ向けられていた。

まるで目が合ったのが錯覚だったのかと思うほど、何事もなかったかのように。

その後《ご》も、楓くんは大活躍《だいかつやく》だった。

急きょ助っ人として参加したとは思えないほど、ゲームの中心となってバンバン点数をかせいでいる。

「三好！」

喧騒《けんそう》の中でもよく通る黒瀬くんの声が、その名を呼んだ。

次の瞬間、バスケットボールが大きな弧《こ》を描き、黒瀬くんから楓くんに向かって飛んだ。

そのボールを無駄な動きひとつなく受けとった楓くんは、見とれるほど綺麗なフォームで、ボールをゴールへ放った。

——ガゴンッ。

ボールがゴールを揺らした瞬間、ピーッと試合終了《しゅうりょう》を知らせる笛の音が体育館に鳴りひびいた。

とたん、固唾《かたず》をのんで見守っていた観客席から「きゃーっ‼」と体育館を揺らすほどの大歓声が巻きおこる。

試合終了間際に決めた楓くんのゴールが決定打となり、この試合は楓くんの高校が勝利となった。

「みなさーん！　応援ありがとうございましたーっ！　午後の応援もお願いしまぁーっす！」

コートの真ん中で、二階の応援席に向かってぶんぶんと両手を振っている、キャプテンの黒瀬くん。

「黒瀬くんかわいーー！」

黒瀬くんはそのルックスと愛嬌《あいきょう》から人気があり、みんな笑顔で彼に手を振り返している。

変わらないなぁ、黒瀬くん。

話す機会はほとんどなかったけど、楓くんの親友ということから勝手に親近感をいだいていた私は、なつかしい気持ちで口もとをゆるませながら彼を見つめる。

と、その時。

前触れもなく、突然横からぐっと右手首をつかまれた。

反射的にそちらに顔を向ければ、タオルを頭からかぶったユニフォーム姿の人が立っていて。

「……楓くん？」

タオルで顔を隠しているようだけど、私には彼だということがすぐわかった。

「来いよ」

静かな、でも有無を言わさぬ声。

目がタオルの陰になっていて、その表情をうかがいしることはできないけど、いつもとちがう様子だということは瞬時に察知した。

ぐっと私の手首をつかんだまま、楓くんが歩きだす。

みんな黒瀬くんに気を取られているせいで、楓くんのことには気づいてない。

「楓くん、どうしたの？」

ぐんぐんと歩いていく後ろ姿に向かって声をかける。

でも、楓くんはなにも返さず、ただ歩みを進めるばかり。

人のいない階段下に来たところで、ようやく楓くんが手首をつかんだまま立ちどまった。

「……なんで来たんだよ」

怒りを押しこめたようなその声に、思わず体がこわばったのが自分でもわかった。

あの日——再会した日と同じ言葉。

また私が怒らせた……？

「迷惑《めいわく》なんだよ、来られると」

ぶつけるように言って、楓くんがこちらを振り返る。

その反動でタオルがパサッと肩に落ち、あらわになったその瞳は、怒りに満ち満ちていた。

「楓く——」

「いいから人が来る前に早く帰れ」

吐き出すようにそれだけ言うと、私の手首から左手が離れる。

だけど、今度は私がその手首をつかんでいた。

「待って……っ」

ぐっと引っぱられるように、楓くんの足が止まる。

「なんだよ、今度は」

こちらに背を向けたまま発せられる、わずらわしげでイラついた声。

一瞬胸が痛んだけれど、それに臆《おく》してここで引きさがるわけにはいかなかった。

だって――。

「楓くん、ケガしてるよね……？」

「は？」

「私の手をつかむ手が、いつもと逆の手だから」

「……っ」

驚いたようにこちらを振り返る楓くん。

ガードがゆるんだ隙に、すかさず右手をつかむ。

見れば、手首の部分が赤く腫れていた。

「やっぱり……」

手首を見つめたまま私がつぶやくと、楓くんは面倒《めんどう》そうに嘆息《たんそく》した。

「ほんと、気づくなってとこばっかり気づくよな、おまえって」

「無理、してたの？」

「十羽には関係ない」

「でも」

顔を上げると、まだ険しい表情の楓くんが、ユニフォームのポケットからなにかを取り出した。

目の前にさし出されたそれは、包帯だった。

「そこまで言うなら、おまえがこれ巻いてよ」

「私がやっていいの？」

「どうせこのまま帰らせても、心配したままなんだろ。右手だから自分じゃ巻けねぇし。早く、だれか来る前に巻いて」

「う、うん」

言われたとおり包帯を受けとり、楓くんの白い手首にそれを巻きつけていく。

綺麗な手……。こんなに綺麗な手であんなに豪快《ごうかい》なシュートを決めるんだから、魔法でも使ってるみたい。

触れる楓くんの手が熱い――。

そうこうしてるうちに包帯を巻き終え、端を縛《しば》る。

「……よし、できた！」

「うん、壊滅的《かいめつてき》に下手くそ」

「ご、ごめん」

楓くんの間髪《かんはつ》入れないツッコミは、ごもっとも。私が巻いた包帯は、悲惨《ひさん》なほどにぐちゃぐちゃだ。

「巻くだけなのに、どうしたらこんなんなるんだよ。ここまでくると逆に感心するレベルだわ。不器用なとこ、全然成長してねぇな」

楓くんの毒舌が、容赦なく私の心をズサズサとさしていく。

「うっ……。待って、今やりなおす！」

再び楓くんの手を取り、巻きなおそうとして、でもそれは楓くんの声によって制された。

「いーよ、これで」

「でも」

「昼休憩《ひるきゅうけい》で人来るし」

「そっか……」

肩を落とし、楓くんの手首から、静かに手を離す。

楓くんがそう言うなら、早く帰らないと。これ以上楓くんに迷惑はかけられない。

「今日は突然押しかけちゃってごめん。明日も、会える……？」

おずおずとそうたずねると、楓くんはぐちゃぐちゃな包帯に視線を落としたままつぶやいた。

「委員会あるし、寄る」

素っ気なく発せられたその言葉に、心からの安堵《あんど》を覚える。

よかった、明日も会える。

「じゃあ待ってるね、あのバス停で。また明日」

小さく手を振り、その場を去ろうと踵を返した、その時。

「……十羽」

呼びとめるかのように、名前を呼ばれた。

「ん？　どうしたの、楓くん」

首をかしげたずねると、楓くんは唇を開きかけ、でもためらうかのようにそれを閉じた。

やがてまた口を開く。

「……やっぱ、なんでもない。じゃあな」

そう告げつつもなにか言いたげな瞳に心が揺れたその時、女の子たちがぞろぞろと扉《とびら》を開けて出てきた。

「あっ、楓くんいたー！」

女の子たちはどうやら楓くんを探していたらしく、私が駆け足で体育館の外へ出たのとほぼ同時に、楓くんは女子たちに囲まれた。

「どこいたのー？　探したんだよー！」

「あはは、ごめんね、ちょっと用があって」

「ってあれ？　その手どうしたのっ？　包帯ぐちゃぐちゃじゃない！　私がやりなおしてあげる！」

「あー、ありがと。でも大丈夫。これがいいんだよね」

彼が、女の子たちに向けた笑みを口もとに残したまま、さみしげな瞳で包帯に視線を落としていたことを、私は知らない。

私たちはやっぱり不器用で。

もがけばもがくほど、君を傷つけた。

あの日と同じ景色を

翌日。いつものように、私はバス待合所にいた。

やがて六時になった頃、楓くんが姿を現し、私は笑顔で彼を迎《むか》える。

「楓くん、おかえりっ」

「ただいま」

いつもと変わらない、あっさりとしたトーンでそう返してくれる楓くん。

その返事を聞きながら、ふっと安堵が心に広がった。

よかった……。昨日のことが気になっていたけど、楓くんとちゃんと話せてる。

あとは……。

「なんかそわそわしてね？」

どう切り出そうか迷っていると、楓くんがけげんそうな顔でそう言った。

おお、さすが幼なじみ！　よくぞ気づいてくれました！

「実はね、今日ツリーの点灯式があるの」

「点灯式？」

「そう、このあと七時から西通《にしどお》りで」

今日は十二月三十日。クリスマスが終わり、今日からライトの色や装飾《そうしょく》を変えて、二度目の点灯式を行うのだ。

この西通りで行われる点灯式は、こうしてクリスマスだけでなく年末を盛りあげるというのが通例となっている。

「そこでなんだけど、その点灯式、一緒に行かない?」

すると、無表情を一ミリも崩さないまま、楓くんが即答した。

「無理。どっかのだれかさんとはちがって、俺は暇じゃないんで。知り合いに会ったら、いろいろ面倒だし」

案の定、返ってきたのはのり気じゃない返事。

だけど、ここで引きさがるわけにもいかない。

だって、この点灯式にふたりで行くことは、当初からの目的のひとつなのだから。

「そう言わずに、ねっ? 暗いし、きっと知り合いには会わないはず!」

顔の前で手を合わせ、嘆願《たんがん》ポーズを作る。

「お願い!」

ぎゅっと目をつむっていると、数秒経ってはーっとあきれの色に染まったため息が聞こえてきた。

顔を上げれば、楓くんが首に手をあて、しぶしぶといったような表情を浮かべていて。

「……ったく、しょうがねぇな」

「ほんと⁉」

嬉々とした声をあげながらも、やっぱり楓くんは楓くんだと心の中で思う。

よっぽどなことがない限り、お願いされたら断らない。小さい頃からそういう人だ、楓くんは。

「ひとりで行かせると、余計面倒なことになりそうだし」

「ありがとう～楓くん！」

「制服のままじゃ夜寒いだろうし、着替《きが》えてくるけど、おまえはどうする？」

私服姿の私を見て、楓くんが聞いてくる。

「私はここで待ってるから大丈夫」

「ん。じゃあ、ちょっと行ってくる」

「了解です！」

楓くんとツリーを見られる。そう思ったら、弾んでしまう声の調子を抑《おさ》えることなんてできなかった。

薄暗《うす》かったあたりは、六時半にはすっかり真っ暗になっていた。

これなら街中に出ても、きっと楓くんも目立たないはず。

ほっと安堵して、バスの待合所の窓から空を見上げる。

こっちは安心できなそうだけど……。

と、その時。

「十羽」

突然名前を呼ばれ、そちらを振り向けば、待合所の入り口に楓くんが立っていた。

「楓くん」

制服から私服に着替えた楓くんに、一瞬時が経つのも忘れて見とれてしまう。

制服姿がかっこいいのはもちろんだけど、私服姿はやっぱり雰囲気《ふんいき》がちがう。

思えば、楓くんと再会してから制服姿しかまともに見たことがなかった。

この前は、意地を張って『楓くんには今さら見とれない』なんて言っちゃったけど、大うそだよ。今も十分すぎるくらいには、見とれてる。

「なにぼーっとしてんだよ。置いてくぞー」

いつの間にかスタスタと歩きだしていた楓くんが、振り返りざま、べっと舌を出す。

「あっ、待ってー！」

立ちあがり、駆けて楓くんの隣に並んだ。

「昨日のケガ、大丈夫だった?」

「ん? あー、軽い捻挫《ねんざ》だから全然へーき。普通《ふつう》に動かせるし、日常生活に支障もねぇし」

「よかった〜。ケガで手が動かせないまま年越しは、悲しいもんね」

「そういや、明日は大晦日《おおみそか》だっけ。年越しハヤシライス食べたいけど、材料ねぇな、たしか」

「楓くん昔から好きだもんね、ハヤシライス。私は、年越しはお寿司《すし》派!」

「イクラだらけの寿司な」

「ふふ、あたり前〜」

「あんなにイクラ食べて、なんで飽《あ》きねぇのかまじで不思議だわ。イクラ愛異常すぎ」

「イクラは裏切らないからね!」

「なにが裏切らないだよ。おまえが苦手なキュウリを食べてやったのはだれだっけ?」

「あは、その節はお世話になりました……」

他愛ない会話をかわしながら、思わず笑みがこぼれてしまう。

好きって気持ちが、何度もあふれそうになり、参ってしまった。

ショッピング街に足を踏みいれると、人が徐々《じょじょ》に増えてきた。

みんな点灯式に向かっているのだろう。カップルや家族連れがちらほら目につく。

このショッピング街を抜《ぬ》けたところで、点灯式は行われる。目的地までは、あと少しだ。

通りすがりのアンティークショップの入り口にかけてあった時計にちらっと目をやり、それから空を見上げた。

このままいけば、たぶん大丈夫だよね……？

しこりのように残る不安をぬぐうように夜空を見つめる。

と、その時だった。

「あれ、楓くん？　きゃー！　こんなとこで会えるなんて……！」

どこからともなくそんな黄色い声が聞こえてきたかと思うと、前方からひとりの女の子がこちらへ向かって駆けてきた。

楓くんの知り合いに会ってしまったことに、一瞬にして体中がこわばる。

どうしよう、このままだとまずい……。

あせる私のことなど視界に入っていない女の子は、楓くんにずんずんと近づいてくる。

私はとっさに楓くんから距離を取った。

「あ、ニーナちゃん。偶然《ぐうぜん》だねー」

舞《ま》いあがってる様子の女の子に対して、完璧な笑顔を作ってひらひらと手を振る楓くん。

ニーナちゃんと呼ばれたその女の子は、女の私でも見とれるくらいにすごくかわいい子だった。どこかで見たことがあるような子だけど、気のせいだろうか。

ふわふわしてて、なにもかもが洗練されていて。

楓くんとすごくお似合いだ。

楓くんの隣にいるべきなのは、こういう子なんだろうと、心の中の冷静な自分が感じている。

「楓くんがひとりでいるなんてめずらしいね！　だれかと来てるの？」

女の子の質問にびくっと肩が揺れ、ななめ後ろからそっと楓くんを見上げる。

楓くん、なんて言うつもり——。

「いや、ひとりだよ」

楓くんの声がそう答えたのを、この耳ではっきりと聞いた。

……そう、だよね。

さっきまで隣に並んでいた楓くんの背中が、一瞬にして手を伸ばしても届かないくらい遠くなったように感じられて、私はぎゅっとこぶしを握りしめる。

なんで胸が痛むのだろう。私はなんて答えてほしかったのだろう。

「ニーナちゃんもひとり？」

「友達と点灯式行く予定だったんだけど、楓くんも一緒に行かない？　楓くんがいたら友達も絶対喜ぶし！」

「まじで？　俺いたら、友達びっくりしちゃうんじゃない？」

「むしろ、楓くんのこと生で見たら、あまりのイケメンさに倒《たお》れちゃうかも」

「はは、なにそれ。ニーナちゃん口うますぎだから」

私に対する態度とはちがう優しい口調の楓くんと、女の子の弾む声を聞きながら、私はその場を離れていた。

楓くんの背中が私に、離れろ、そう言ってる気がして。

人の流れに逆らうように歩く。さっきいた場所から、遠く遠くへと。

楓くんはあの子とツリーを見るのかな。

……楓くんをツリーのもとへ、連れていってあげたかった。

でももしかしたら、それは私の役目ではなかったのかもしれない。

思えば思うほど自己嫌悪《けんお》にさいなまれ、心とともに足も重くなってきた。

だれも私のことなんて気づかない。

でも今はそれがちょうどいいと思った。

「……まったくもう！　どんよりしないどんよりしない！」

ぱんぱんと頬をたたき、自分を奮いたたせる。

ただでさえ怖いと言われるのに、眉間にしわなんて寄せていたら、極悪人づらでしかないもんね。

と、その時だった。ゴロゴロ……と不穏《ふおん》な音を耳にしたのは。

とたんに、背中に氷が流しこまれたような寒気が走る。

まずい。こんなにも早く来てしまうなんて。

それはまちがいなく、雷鳴《らいめい》だった。

――私は、雷《かみなり》が大の苦手だ。

小さい頃、ひとりで留守番をしていた時に雷が落ちて停電になってから、トラウマになってしまった。

この世で最も嫌いなその音は、太鼓《たいこ》でもたたいているかのような地響きを立てて、こちらへ近づいてくるように感じられて。

「やだ……」

ピカッと稲光《いなびかり》が空に走るのを目にし、私はいてもたってもいられなくなって、近くにあった公園に駆けこんだ。

中央にあるドーム型の遊具の中に座りこみ、ぎゅっと耳を押さえる。

そうしている間も、雷は私の気持ちなんてつゆ知らず、だんだんとこっちへ近づいてきている。

恐怖に、涙がじわっと込みあげてくる。

早く、早く、遠ざかって。

心の中でそう祈《いの》った次の瞬間、ピカッと光が爆発した。

それを追うようにして、低く唸《うな》るような盛大な雷鳴が鳴りひびく。

「……っ」

容赦ないその音に思わず息をのみ、ぎゅっときつく目をつむる。

「怖い……。怖いよ、楓くん……」

ピンチになった時、必ず真っ先に顔が浮かぶ人。

無意識のうちにその名を口にした、その時だった。

「──いた」

「……え？」

とどろく雷鳴の中、さしこむひと筋のように、その声だけはしっかりと輪郭《りんかく》を持って聞こえた。

今、聞こえるはずのない声。

でもそれはたしかに聞こえて、私は耳を押さえたまま反射的に顔を上げていた。

そしてこぼれんばかりに目を見開く。

「楓くん……」

ドーム型の遊具の入り口に手をつくようにして、彼がそこに立っていた。

どうしてここに？　声にならない疑問が、心の中で渦巻く。

楓くんは走ってきたのか、服も乱れ、肩で大きく息をしている。

こんなに余裕《よゆう》ない姿は、見たことがなかった。

「なんで……」

「急にいなくなるなよ、ばか。雷鳴ってきたから、どうせどっかで縮こまってるんじゃないかとは思ったけど」

「雷が嫌いだってこと、覚えてくれてたの……？」

「あたり前だろ、幼なじみなんだから」

〝幼なじみ〟。私たちの関係を表すその言葉が、とても心強い。

さっきはあんなに遠かった距離が、楓くんの言葉だけでぐんと近づいた気がした。

ぎゅっと胸がつかまれて、ツンと鼻の奥が痛んで。

でも私は、今にもあふれそうになる涙をこらえて笑った。

「もう、相変わらず心配性だなぁ、楓くんは。雷苦手だったけど、もう克服《こくふく》したよ？

だから、私は大丈夫。さっきの女の子のところに行ってあげて？」

楓くんが来てくれてうれしい。でもやっぱり、楓くんの邪魔《じゃま》はしたくない。

すると楓くんが私の目の前にしゃがみこみ、折り曲げた人さし指でゴツンと頭を小突いてきた。

「あほ。こんなに震えてなにが大丈夫だよ。もっとマシなうそつけっての。それにおまえに気づかわれるほど、女に困ってねぇわ」

「でも、あの女の子に点灯式一緒に行こうって誘われてたんじゃ……」

「そんなの断ったに決まってんだろ。今日の先約はおまえなんだから」

……参ったな。

さっきまでとはちがう涙がこぼれそうになって、私はうつむいた。

「楓くん、ありがとう……。本当は来てくれて、すごく安心した」

ぽろぽろと、強がっていた自分の仮面がはがれ落ちていく。

泣きそうになりながらお礼の言葉を口にすると、楓くんが目を伏せた。

「……あてにすんなよ。今日はたまたま来れたけど、俺はおまえが困ってる時、助けに行ってやれねぇから」

そうつぶやく楓くんの声音には、突きはなす、そんな意思が見えた。

そんな様子をわかっていながらも、私は微笑んだ。

「でも、今日こうやって来てくれた。それだけで十分」

と、その時。突然、ガッシャーンとガラスの空を割るような雷鳴がとどろいた。

「きゃっ……」

思わず叫《さけ》んだ時、なにかに遮断《しゃだん》されたかのように雷鳴が途切れた。

おそるおそる目を開けば、楓くんの両手が私の両耳をふさいでいた。

「楓く……」

「耳、こうしててやるから」

瞳に映る目の前の楓くんの表情はいたってクールなのに、耳に触れる手はあまりにも優しくて。

あぁ、やっぱり楓くんにはかなわない。

あんなに私の心を乱していた雷鳴なんか雑音にして、楓くんの声だけがまっすぐに届いてくる。

「ありがとう。楓くんの手、あったかい」

微笑んだ瞳の端に、じわっと涙がにじんだ。

涙が出るくらい、温かいよ。冷たくなった私の体すら、こうして温めてくれるんだね。

心を優しくなでてくれるようなその温もりは、一緒にいた頃からなにひとつ変わっていなかった。

雷が鳴りやんだ頃には、八時をまわっていた。

点灯式は終わってしまったけれど、私たちはツリーを見に行くことにした。

「ツリー点灯してるといいね」

「微妙《びみょう》かもな」

公園から十数分ほどの距離を歩きながら、不安を口にする。雷のせいで点灯式が行われていなかったら、ツリーは点灯していないはずだから。

……でも、そんな心配は無用だった。

イルミネーションの真っ白な光をまとったツリーは、厳《おごそ》かにそして圧倒的《あっとうてき》な存在感を放ってそこに立ち、私たちを迎えてくれた。

「わ～っ、綺麗……」

見る者の心を奪ってしまうほど、すごく綺麗で神秘的で。

自然と顔がほころび、感嘆《かんたん》の声がもれる。

点灯式が終わっていたこともあり、ツリーのもとを訪れている人は私たち以外いない。

こうしてふたり並んでツリーを見上げていると、この世界にふたりきりになったような錯覚におちいる。

「おまえさ」

隣でツリーを見つめている楓くんが、ふと口を開いた。

「雷が鳴ること知ってただろ」

「え？」

予想外の言葉に、思わず楓くんの方を見た。

楓くんの視線は相変わらずツリーへ注がれていて。

瞳が、イルミネーションの光を受けて、キラキラときらめいている。

「ずっと不安そうな顔してたから、なにかあるんだろうとは思ってた。まぁ、十二月に雷鳴るってのは想定外だったけど」

――楓くんが指摘《してき》するとおりだ。

本当はわかってた。今日雷が鳴るだろうってことは。

千隼が見ていたニュースの天気予報で、今日はくもりのち雷だと言っていたから。

楓くんに見つからないように空の動向を気にしてたんだけど、バレちゃってたかぁ。

「やっぱり楓くんには隠してもムダだね」

苦笑しつつうつむくと、ぽつりと放たれた楓くんの声が耳に届いた。

「そりゃ、小さい頃からずっと見てたから」

「……っ」

楓くんの言葉に、思わず心臓が反応する。

そういう意味で言ったんじゃないって、わかってるのに、なんでこの心臓は楓くんの一挙一動にこんなに過敏になってしまってるんだろう。

ゆっくりと顔を上げ、楓くんの横顔を見やった私はハッとした。

目を伏せた彼が、後悔《こうかい》と自責の念にかられているような、そんな複雑な表情を浮かべていたから。

「楓くん？」

胸がうずいて、思わず名前を呼ぶ。

だけど呼びかけに応じてこちらに向けられた端正《たんせい》な顔は、私の見まちがいだったのかと思うほどあっという間に、いつもの飄々《ひょうひょう》とした表情に塗《ぬ》りかえられていた。

「ん？」

楓くんが首をかしげたので、私はあわてて笑顔を作って、首を横に振る。

「ごめん、なんでもない」

すると今度は、楓くんが口を開く。

「つーかさ、雷苦手なのに、なんで今日誘ったわけ？」

「それは……」

話すか話さないかずっと迷っていたことを突然聞かれ、思わずどきりとする。

口ごもり、でもやっぱり正直に話そうと、ひと呼吸置いてから再び口を開いた。

「実はね、私たち、昔ここに来たことがあるんだよ」

「――あ……」

なにかを思い出したように見開かれる瞳を見つめながら、私は楓くんに向きなおった。

「おばさんがいなくなった時、楓くんずっと落ちこんでて、私はどうにか元気になってほしかった。だからお母さんに頼んで、この点灯式に楓くんと連れてきてもらったんだよね。そしたら、ずっと元気なかった楓くんが、点灯式を見て、目をキラキラさせて笑ったの」

『とわちゃん、とわちゃん、ありがとう！　とわちゃんがいてくれて、ほんとうによかった』

イルミネーションのキラキラを目に反射させて、電飾に負けないほど明るい笑みを向けてくれた楓くん。

久しぶりに見た、楓くんの笑顔だった。

「すっごくうれしかった。楓くんがまた笑ってくれたことが。だからね、また笑ってほしいと思った」

「え？」

「十七歳の楓くんも、あの時みたいに笑えてないから」

「……っ」

虚《きょ》をつかれたように、目を見開く楓くん。

私は目をそらさないよう、まっすぐに楓くんの瞳を見つめた。

「楓くんがなにか抱《かか》えてることはわかるよ。だって幼なじみだから。ずっと小さい頃から楓くんしか見てないから」

楓くんの言葉をなぞる。私も小さい頃から楓くんのことをずっと見てたから。

ほかのなんでもない、楓くんの笑顔を目印に生きてきた。

だからね、その笑顔がかげっていたら、だれよりも早く気づく自信しかないんだよ。

ツリーが果てしなく大きく見えたあの頃よりも、今は現実味を持ってそこにそびえている。

楓くんはこれからもいろいろな経験を重ねていく。

その時、楓くんの瞳には、どんなふうにツリーが映るんだろう。

せめて、美しく映っていればいい。

真っ暗な世界に塗りつぶされるのではなく、優しい光が降りそそいで見えていればいいと、そう思う。

微笑みながら楓くんを見つめていると、楓くんはふいっと目をそらすように再び視線をツリーに向けた。

「ほんっと腹立つよな、おまえ。いつの間にこんなに生意気になったんだよ」

「へへ、私だってもう十七ですから」

おどけたふうに笑うと。

「……十羽」

突然名前を呼ばれ、私はその呼びかけに答える。

「ん？」

やや間があって、楓くんが口を開いた。

「おかえり」

「え……」

かけられた思いがけない言葉に、目を見張る。

視線は交わらないものの、その声はちゃんと私に向けられていて。

「言ってなかったから」

「……っ」

……おかえり、かぁ。

なんだか、泣けてきちゃうね。

私、ずっと、君のもとに帰ってきたかったんだよ。

私はそっと微笑んで、一文字一文字をいつくしみながら答えた。

「ただいま」

測れない心の距離

「私は嫌《いや》！　絶対あきらめない！」

「でも、最初に言ったことじゃん」

大園十羽、ただ今初めて男女の修羅場《しゅらば》というものに遭遇しています……。

バス待合所の数メートル先で、まわりの田舎の景色が似合わない、派手な男女が言い合いをしている。

ここが街中だったら、まちがいなく、ひと目見たさに人だかりができるであろう顔面レベルの高い男女だ。

しかもその男子は、なにを隠そう幼なじみの楓くん。

いつものようにバス待合所で学校から帰ってくる楓くんを待っていたところ、知らない女の人がやってきて、帰ってきた楓くんと鉢合わせし、修羅場が始まってしまったというわけで。

状況はわからないけど、険悪でおだやかじゃない雰囲気はひしひしと伝わってくる。

楓くんの顔は、こちらに背を向けているせいで確認することはできない。

困っているならいち早く助けに入りたいけど、私じゃムリだ。なんの力にもならない。

だから、こうして待合所の入り口からうかがえる範囲《はんい》で事の成り行きを見守ることしかできなくて。

楓くんは声を抑えているものの、女の人は感情的になっているのか声を張りあげていて、その声は時折ここまで聞こえてくる。

「私は楓じゃなきゃ嫌なの！」

楓くんよりも年上、おそらくは大学生の女の人は、遠目でしか見えないけどすごく綺麗だ。

ふたりの間になにがあったんだろう……。

木製のかたい長椅子に座りながら、ぎゅっとこぶしを握り数メートル先の男女を見つめていた、その時だった。

「もう知らない！　最悪！」

女の人がそう叫んだかと思うと、突然肩にかけていた高そうなブランド物のバッグの中から、ペットボトルを取り出した。

あっと思った次の瞬間には、そのふたは開けられ、

――パシャンッ……。

派手な音を立てて、楓くんの顔面に向かって水が放たれていた。

「……っ」

思わず口に手をあて、息をのんだのは私。

楓くんは水をかけられたというのに、反応ひとつ起こさない。

「こんなに好きなのに！　楓のわからずやっ！」

女の人は捨てゼリフを吐くと走っていってしまった。

ヒールの音だけが、静まりかえった景色の中に色を作る。

すべてが一瞬の出来事で理解が追いつかず、あっけにとられて走りさる姿を見つめていると。

「最悪はこっちのセリフだっつーの」

水に濡《ぬ》れた髪をかきあげながら、楓くんが待合所に入ってきた。

いつもの艶のある声が、今はあきらかにとがっていて。

あわてて立ちあがり、楓くんのもとへと駆けよる。

「楓くん、おかえり……っ」

「……いたんだ。ただいま」

私の顔を見るなり、ばつが悪そうに少し眉間にしわを寄せる楓くん。

私に見られていたとは思っていなかったらしい。

「ごめん、見るつもりはなかったんだけど」

「いや、あんなとこで痴話《ちわ》ゲンカしてた俺が悪い」

どこかよそよそしい言い方が、おまえは関係ないと言われているように思われて、少しだけ胸が痛むけど、今はそんなことを気にしている状況じゃない。

ふわっとしていた髪が、まともに水を受けたせいで、すっかりびちょびちょだ。

「大丈夫？　すごい濡れてる……」

私は握りしめていたハンドタオルを、楓くんの頭へと伸ばした。

濡れた髪を拭《ふ》こうとしているのを察してくれたらしく、私より二十センチほど大きい楓くんは前かがみになり頭を少し下げる。

「ハンドタオルしか持ってなくてごめん」

布面積が小さいから、乾《かわ》かすのにも限度がある。

すると、水のしたたる前髪の間から、楓くんがふっと目もとの力を抜いて、こちらを上目づかいで見つめてきた。

「相変わらず準備いいな」

「へへ、よかった」

感心したように言われて、ハンドタオルを常備しておいた自分を褒めたくなる。

綺麗なミルクティー色の髪を、優しくなでるように拭いていく。

楓くんの髪は、うらやましいと思ってしまうほどに、繊細《せんさい》で。

黒髪も好きだったけど、今の色も好きだなぁ。

こうして髪を拭いてあげていると、母性本能をくすぐられる。

私の手に身をゆだねるように、されるがままになっている楓くんは、なんだかかわいい。サイズはちがうけど、子犬みたいだ。

ほっこりしていたと思ったら、水に濡れた髪と長いまつ毛がいつにも増して色っぽくて、そのギャップにまたドキドキさせられてしまう。

髪がある程度乾いたところで、私はハンドタオルをたたみながら、ずっと疑問に思っていたことをためらいがちに問いかけてみた。

「あの人と、なにがあったの？」

するとと視線をそらすように、楓くんが長椅子へと座り、体の後ろに両手をついた。

そして、けだるそうに綺麗な唇を開く。

「前に付き合ってたんだけど、また復縁《ふくえん》したいって言いだしたんだよ。そーいうのはなしって約束で付き合ったっつーのに」

「元カノさん……」

つぶやきながら、そんな答えが返ってくるだろうってことはわかっていたはずなのに胸のどこかがヒリッとした。

あんなに綺麗で大人な女の人とも付き合ってたんだ……。

楓くんの隣に腰かけ、またわいてきた疑問をぶつける。

「前に付き合ってたって、楓くん、何人くらいの女の人と付き合ってたの？」

思いきってたずねてみると、楓くんが目を細めて、じろりと嫌そうにこっちを見た。

「それ、答えなきゃいけねーの？」

「う、ん」

正直言えば、聞きたい気持ちと、聞きたくない気持ちとは半々だ。

好きな人のそういう話は聞きたくないと思う反面、やっぱり楓くんのことはできる限りでいいから知っていたくて。

すると楓くんは顎《あご》をくいと上げ、宙を見つめながら、なんてことなしって感じに答えた。

「ちゃんとは数えたことねーけど、二十人くらい？」

に、にじゅうにん⁉

予想をはるかに超えているその人数に、面食らう。

けれど当の本人は、その人数をなんとも思っていない様子で、むしろ飄々としている。

「本気にならない子選んでたんだけどね。あとくされとかめんどいし」

さらりと言っているけど、とんでもないプレイボーイ発言だ。

なんだかもう、話の次元がちがう。カルチャーショックに私の頭はパンク寸前。

「今はいるの？」

「今はいねぇよ」

「私がいた頃は？」

「だれかと付き合ったこともなかった」

そっか。あの頃はいなかったんだ……。

ということはつまり、二年で二十人もの女の子と付き合ったってこと？

引っ越す前はだれとも付き合っていなかったことに心が救われるものの、やっぱり言いようのない複雑な気持ちが胸に広がる。

「で、おまえは？」

「え？」

突然楓くんの声が飛んできて、身がまえていなかった私は、一瞬理解が遅《おく》れる。

おまえは、って……？

「そういうことなかったの？」

「へっ？」

立て膝に頬をつき、まっすぐにこちらを見つめられる。答えないことは許さない、とでもいうように。

もちろん、だれかと付き合ったことなんてない。

でも一度だけ、そういった類《たぐ》いのことはあった。

いや、そういった類いとしてカウントしていいのかもわからないけど……。

じっと見つめられていると、追いこまれていくような気になり、なにか言わないと
なにか言わないととあせって、思わずうわずった声が出た。

「かっ、楓くんこそ、キスしたことあるの？」

「おまえ、キスしたことあんの？」

すかさず鋭《するど》く聞き返され、ハッとする。

パニックになったあまり、墓穴を掘《ほ》ってしまった。

ちがうの、ちがうんだよ、楓くん！

「あれは限りなく事故だから……！」

「事故？」

「転校してすぐ、廊下の曲がり角で反対側から走ってきた男子とぶつかって、転んだ
拍子におでこに相手の唇があたっちゃっただけで……」

知らない人と、不本意ながら少女漫画チックなことになってしまったのだ。

しかも、相手にケガはないかとじっと見ていたら、例によってにらまれているのだ

と勘ちがいされて逃げられる始末。

「……って、ごめん。こんな話、興味ないよね」

「うん、興味ねー」

そこまで無表情で即答されると、興味ないことはわかってはいても、さすがに傷つくよ楓くん……。

肩を落とすと、楓くんが体を起こして正面を向き、投げやりにつぶやいた。

「事細かにそんな話される俺の身にもなれよ」

「ごめん……」

そこで会話が途切れ、白熱灯のぼんやりとした明かりの下、静まりかえる待合所。

なんだか空気が重い。

すると、不意に楓くんが長椅子から立ちあがった。

「楓くん？　どうしたの？」

「飲み物買ってくる。十羽なんか飲む？」

「私は大丈夫」

「おっけ」

それだけ答えて、楓くんが待合所を出ていく。

遠ざかっていくその姿を見つめているうちに、ふっと体の力が抜けて、私は待合所の壁にもたれた。

さっきの楓くんの話が、まだ頭の中に、胸の中にザラザラとした砂利のように残ってる。

あんなにかっこいい楓くんを女子が放っておかないとは思っていたけど、想像以上だった。

楓くんの彼女《かのじょ》、かぁ……。

バスケを見に行った時も、そんな話を聞いた。雪沢さん、だっけ。名前までしっかり覚えている自分が、なんだか未練がましくて嫌になる。

そんなことを考えていると、ふと眠気が襲ってきた。

ここ最近ずっと、いろんなことがあって精神的に張りつめていたせいだろうか。体がいうことを聞いてくれない。

楓くんが帰ってくるまで待っていなきゃ、そう思うのに、重力に逆らえなくなったまぶたが徐々に落ちてくる。

次の瞬間には、強い睡魔《すいま》に引きずりこまれ、壁にもたれたまま完全に意識を手放した。

——それから、どれくらい寝《ね》ていただろう。

「……十羽」

どこからか聞こえてきた私の名前を呼ぶ楓くんの声によって、ぼんやりと意識が覚《かく》醒《せい》する。けれど、まぶたを開くには至らなかった。

「楓、くん……？」

「こんなとこで寝てたら風邪ひくだろ」

頭上から降ってくる楓くんの声が夢か現実のものなのか、区別がつかない。

楓くん、楓くん……。

寝ても覚めても、脳裏に浮かぶのはやっぱり君ばかり。

「楓くん……も、キス、したりするよね……。でも、それは……やだな……」

寝ぼけたまま、ずっと抑えこんでいた思いが口をついて出ていた。

さっきは言えなかったけど、これが私のまぎれもない本音で。

再び眠気が襲いかかってきて、深い眠りへ誘われそうになった時、前髪になにかが触れた。

――それは、楓くんの手。

楓くんの大きな手が、そっと私の前髪をなでていた。

「ったく、気持ちよさそうに寝てんなよ」

ぶっきらぼうな物言いとは相反して、まだ夢を見ているのかと錯覚しそうになるほどに、その手つきは優しくて。

寝かしつけてくれてるのかな……。なんて幸せな夢だろう……。

楓くんの声に引っぱられるように、うっすらと目を開いた私は、思わず固まった。

楓くんの白い首もとが、視界に飛びこんできたのだから。覆いかぶさるようにして上体を倒してくる。

「な、なに――？」

状況をのみこめずあわててぎゅっと目を閉じた、次の瞬間。

あまりにも優しくそっと、なにかが額に触れた。

それが、楓くんの唇だと理解するのに、時間はかからなかった。

「……隙ありすぎなんだよ、ばか」

怒ってすねたように楓くんが独りごち、甘い吐息《といき》が耳をかすめた。

え……？

目をきつく閉じたまま、混乱する頭を整理しようにもしきれなくて。

夢だと思っていたけど、夢、じゃない。だって、感触《かんしょく》がたしかにあった。

も、もしかして、私、キスされた――？

「お、おはようっ」

「あ、やっと起きたな、ねぼすけ」

数分後。今起きたことを装って、ぎこちなくも目覚めのあいさつをする私。

実際は、あのあと目がさえて一睡《いっすい》もしなかった。いや、できるはずもない。

でもどんな顔をしたらいいのかわからなくて、起きていたことがバレないように、しばらく寝たフリをしていたのだ。

「そろそろ帰るか」

「うんっ……」

楓くんの声に引っぱられるように、あとをついて歩きだす。

どうしよう、顔赤くなってないかな……。

あんなことがあったあとに、動揺を隠してなにもなかったように振るまうのは、なかなかに難しいことだ。

でも、楓くんは何事もなかったかのように、いつもどおりで。

さっきのは気の迷い？　それとも悪ふざけ？　夢、ではなかったよね？

処理しきれず混乱しているせいで、今は隣を歩くことすらはばかられて、楓くんから少し遅れて歩く。

そんな私の様子なんてつゆ知らず、楓くんがふと肩越しに振り返り、聞いてきた。

「おまえさぁ、冬休み、俺とばっかりいていいのかよ」

「え？」

「家族と出かけたり、友達と遊んだりしねーのかなって」

「だ、大丈夫！　家族とも友達とも出かけたりしないから」

「ふーん」

それからも楓くんはちょくちょく話しかけてくれたけど、私は空まわって変な返事ばかりしてしまった。

私のせいで成りたたないちぐはぐな会話をしていると、家の近くの路地前まで来た。

「じゃーな」

いつもそうしているからか、ここで別れることが習慣づき、今日もここでお別れだ。

「う、うん。また明日……」

……どうしよう。最後まで楓くんの顔が見られなかった。

スタスタと歩きだす、楓くんの足音が聞こえる。

でも、だめだ。このままじゃ。

このままじゃ、いつまでも意識したままだ――。

「楓くん……っ」

私の声を拾い、そしてそれに答えるように、楓くんが振り返る。

「ん？」

おどおどした瞳と、まっすぐでいて無機質な瞳とが、ついに交わった。

バクバクと心臓が跳《は》ねまわり、だけど私は意を決して声をあげた。

「あの、さっきのキスって、どうして……」

自分で口にしながら、カーッと熱が頬に上ってきて、うつむく。

「起きてたのかよ」

つぶやかれた冷静で抑揚《よくよう》のない声に、私は素直に謝る。

「ごめん。あの時、目が覚めちゃって……」

顔が上げられずうつむいていると、地面しか映していなかった視界の上部に楓くんのローファーが映りこんだ。

「なぁ、十羽」

楓くんの声が降ってくる。

でも、その声色に優しさが一ミリもこもっていないことに気づき、なぜか瞬時《しゅんじ》に嫌な予感が頭の中をよぎった。

だけど、そんな私の気持ちなんておかまいなしに、楓くんは続けて声を落とした。

「知ってる？　男っていうのは、好きでもない相手にだってキスくらいできんだよ」

「……っ」

近くから降ってくるのに、それはどこか遠くから聞こえる声のように感じられて。

キスくらいで意識してるおまえはばかだと、そう言われた気がした。

――現実を、突きつけられた。

『十羽は幼なじみだよ。それ以下でもそれ以上でもない。ましてや恋愛感情をいだくなんてありえないよ』

数年前、彼がそう言うのを、ちゃんとこの耳で聞いていたというのに。

「そういうことだから」

私は、どんな答えを待っていたのだろう。

ローファーが視界から消え、足音は徐々に遠ざかっていく。

私は足の裏が地面の裏にくっついてしまったかのように、その場から動けない。

遠いと思ったら唐突《とうとつ》に近かったり、近いと思ったらどうしようもなく遠くなったり。

昔は以心伝心。いつだって、わかりあえていた。楓くんのことなら、なんでもわかってた。

でもいつの間にか、こんなにも心の距離を測るのが難しくなってしまっていたなんて。

昔から、嫌なことがあったあとに気持ちを切りかえることは得意な方だ。

そして、その感情を全部自分の中に押しこめて、なにもなかったように振るまうことも。

ドアの前で足を止め、一度だけ小さく深呼吸してから、チャイムを鳴らす。

——ピンポーン。

家の中から、かすかに電子音が聞こえてきた。

昔から何度も押してきたチャイムだけど、鳴らしたのは久しぶり。らしくもなく、少しだけ緊張してしまう。

背伸びをして押していた頃もあったなぁと、小さい頃の記憶に思いをはせていると、家の中からこちらへ向かってくる足音が聞こえてきた。

そして足音がすぐ近くで止まったかと思うと、ゆっくりとドアが開く。

この瞬間、決まって訪れる宝箱を開ける時のような高揚感《こうようかん》が、今も込みあげてきた。

高揚感の理由であるドアの向こうから姿を現したその人物は、ドアの前に立つ私の姿を見て、目を見開いた。

「は？　十羽？」

「来ちゃった」

ニッと笑う私に、楓くんがドアを開けた前傾姿勢《ぜんけい》のまま、あきれたような引きつった苦笑いを浮かべる。

「ははー。……なにこれ」


「さっき、また明日って別れた気がするんだけど？」

「楓くんのこと驚かせたくて、また明日破っちゃった。ごめんね！」

「『ごめんね！』じゃねぇよ」

家に上げてもらい、私と楓くんはリビングのテーブルに向かいあって座る。

だけど、目の前の楓くんは目を細めて不機嫌オーラ全開。

それもそうだ。突然押しかけてしまったのだから。

楓くんの言うとおり、私たちは今日も六時にバス停で待ち合わせをして、ふたりで歩いて帰ってきた。そして、あの細い路地の前で別れた。

だけど私は楓くんを驚かせたくて、わざわざ別れたあとこうして家に来ることにしたのだ。

「それにしても久しぶりだなぁ、楓くんの家に上がるの」

「なごんでないで、ちゃんと説明しろ。こんな時間になんの用?」

反対側に座る楓くんの導火線に今にも火がついてしまいそうだから、私は真面目な顔を作り、本題を切り出す。

「実はね、楓くんの夜ご飯を作ろうかなって」

「夜ご飯?」

「もう用意しちゃってた?」

「や、まだだけど」

「お、よかった。昨日、おじさんがしばらく出張だって言ってたでしょ? だから、ハヤシライス作ってあげようと思ってね」

「そういうことかよ。それなら、最初っからそう言えっつーの。別に断ったりしねーし」

「ちょっとサプライズっぽくしたくて。驚いたでしょ?」

「そりゃ驚くわ。ったく、家にほいほい上がっちゃって、おまえは警戒心《けいかいしん》のかけらもねーのな」

頬づえをつき、ぼそっとため息交じりにつぶやく楓くん。

でも、その言葉の意味がわからず、頭の中にはクエスチョンマークが浮かぶ。昔からよく知ってる楓くんを警戒したりなんてしないのに。

それよりもだ。私には大きな大きな気がかりがある。

「ハヤシライスの具材って、あったりする？　持ってきたかったんだけど、ちょっと調達できなくて」

ハヤシライスを作ると意気込んで来たのはいいものの、食材がなかったら話にならない。

すると、楓くんからホッとできる返事が返ってきた。

「たしかこの前、作ろうと思って買っといた気ぃする」

確認のため立ちあがった楓くんのあとについてキッチンに向かい、一緒に冷蔵庫をのぞく。

男の人ふたり暮らしとは思えないほど清潔に整理されている冷蔵庫には、しっかりとハヤシライスの具材がそろっていた。

さすが、ハヤシライスが大好物なだけある品ぞろえ。

「おー、全部そろってるねぇ。じゃあキッチン借りるね。楓くんは、勉強でもしてて？」

「まずいハヤシライス作ったら、承知しねぇからな」

「了解であります」

「よろしい」

楓くんがリビングに戻ると、私はさっそくハヤシライス作りに取りかかった。

引かれるほどに不器用な私だけど、料理だけは得意だ。とくに、ハヤシライスは。

なんてったって、お母さんに一番はじめに仕込《しこ》まれたレシピだから。

それで楓くんにも振るまったら、『おいしい』ってとろけるような笑顔で言ってもらえて、さらにハヤシライス作りを極めた。

楓くんの大好物と私の得意料理が、偶然ハヤシライスで一致《いっち》したのだ。

鍋《なべ》の中でハヤシライスのルーを煮込《にこ》み始めたところで、私は小窓からリビングで勉強をしている楓くんの様子をそっと盗み見た。

こちらに体を向けて椅子に座っているその姿は、ここからばっちり見える。

勉強中はメガネをかけるとこも、考えこんでいる時ペンまわしをするとこも、変わらない。

楓くんのメガネ姿はレア中のレアだ。自宅にいる時、しかも勉強中にしかかけないから、この姿を知っているのはごく限られた人だけ。なんでも、四六時中メガネをかけるほどの視力の悪さではないから、お守り程度と言われて作ったのだそう。

メガネだってばっちり似合っちゃうんだから、ほんとずるいよなぁ。

不意に楓くんが首を傾け、ミルクティー色の髪から白い首があらわになった。

首から鎖骨《さこつ》へのラインが、とてつもなくセクシーで。

なんだか急にいけないものを見ているような気になって、私はあわててお鍋に視線を落とす。

いけないいけない！　私のすけべ！

でも、やっぱり……。

「かっこいい……」

「なにが？」

恍惚とした声をもらした次の瞬間、突然背後から声が飛んできて、私はお玉を持ったまま肩を大きく跳ねさせた。

「わっ、楓くん！」

いつの間にか、腕組みをした楓くんが冷蔵庫にもたれかかるようにして背後に立っていた。

よこしまな思いにすっかり気を取られていたせいで、リビングから楓くんが姿を消したことに、まったく気づかなかった。

「なにがかっこいいって？」

うっ……。聞かれてた……。

メガネの奥の追及《ついきゅう》するような瞳は揺るがず、ごまかせるような雰囲気ではない。

窮地《きゅうち》に追いこまれた私は、しどろもどろになりながらうわずった声をあげる。

「……あの、その、く――」

「く?」

首から鎖骨へのラインが……なんて変態ちっくすぎることを、好きな人に正直に言えるはずもなく。

「く、黒瀬くんが……!」

「はぁ?」

答えたとたん、端正すぎる楓くんの顔が、不機嫌にゆがんだ。

正直いえば、申し訳ないけど黒瀬くんのことなんてこれっぽっちも考えてなかった。

でも私が瞬時に思いついた、それらしくなる「く」から始まる言葉が「黒瀬くん」だった。

「おまえ、あーいうのがタイプだったんだ」

腕《うで》を組み、へー、と冷めたまなざしを向けられ、私はあわてて弁解する。

「ち、ちがう! 好きってわけじゃなくてほら、バスケの時の黒瀬くんがかっこよかったっていうか! キャプテンとしてがんばる黒瀬くん、かっこいいなっていうか! 黒瀬くん運動神経いいから、それでかっこいいなって思ったっていうか!」

あわてているせいで、口から出る言葉が支離滅裂《しりめつれつ》だ。でも、誤解されたくなくて。

だって好きなタイプはほかのだれでもない、楓くんなのだから。

あぁ、もう、なんでこんな空まわり……。

「十羽さぁ」

自分の失態に恥ずかしくなって楓くんに背を向けてうつむいていると、やけに冷静な声がすぐ近くから聞こえてきた。

「男の家に上がっておいて、ちがう男の話しすぎ」

「へっ……」

声がした方を見れば、いつの間にか隣に立っていた楓くんが、流しのふちに手をつき、じっとこちらを見つめていた。

メガネ越しに見える、まっすぐで憂《うれ》いと熱を帯びたその瞳に、否応なしに心を射すくめられる。

一瞬にして世界中から音が消えた、そんな感覚におちいる。

楓くんを見つめたまま身じろぎできないでいると、流しのふちについていた楓くんの手が、こちらへ伸びてきた。

そして、お鍋をかき混ぜている途中《とちゅう》で固まっていた私の手を取り、私の手ごとお玉を自分の口に寄せ、ルーをすすった。

「……っ」

「味見」

お玉に口をつけながらこちらを見上げるその仕草が、表情が、あまりに色っぽくて思わず息がつまる。

楓くんの手から解放されたお玉を持ったままの手が、宙ぶらりんになった。

「余計なこと考えてないで、ちゃっちゃと作れよ。俺、腹減ってんだから」

そう言いながら、私を取りのこして出ていく楓くん。

心を大いに乱された私は、ひとりキッチンに立ちつくす。

握られた手が熱い。

「楓くんのばか……」

小さくつぶやいた声は、だれに届くでもなく、お鍋のグツグツと煮える音に負けて消えた。

——昨日のキスを、吹《ふ》っきれたわけじゃない。

でもなんの意味もないキスだったのだから、楓くんの前ではなにもなかったように振るまおうとしてたのに、そんな努力もあざ笑うかのように、楓くんはいとも簡単に心を乱してくる。

好きだよ、どうしようもなく好き……。

ぎゅっとお玉を握りしめなおすと、気持ちを押しこめるように、お鍋を再びかき混ぜ始めた。

乱された心も平静を取りもどした頃、キッチンに香《こう》ばしいにおいがただよい、ついにハヤシライスが完成した。

うん、香りと見た目はいい感じ。

心の中で合格点をつけた私は、それを綺麗にお皿によそって、冷蔵庫にあった食材で作ったサラダとともにリビングへと運ぶ。

「楓くん、夕飯できたよ」

勉強していた楓くんに声をかけると、私の声に気づいたのか、ノートにシャープペンを走らせていた手を止め、イヤホンを耳からはずした。

「おー、うまそう」

「自信作だよ。食べて食べて！」

楓くんの前に夕飯をセッティングし、向かいの椅子に座ってテーブルに身をのり出すように催促《さいそく》する。

すると、スプーンを手に取った楓くんが、なにかに気づいたように私を見た。

「あれ、おまえのぶんは？」

「私は食べてきたから大丈夫」

「ふーん？　ずいぶんはえーのな」

楓くんはいただきます、と小さく声にし、そしてまだ湯気の立っているハヤシライスをひと口すくって口に運んだ。

ハヤシライスを作るのは、得意とはいえ、実は久しぶりだった。

おいしくできてたらいいんだけど……。

食べている様子を、緊張しながら見つめる。

「……どう？」

おそるおそるたずねると、楓くんがふっと目もとをゆるめた。

「すげー……。なつかしい味」

「ほんとっ？」

「十羽のハヤシライスは、やっぱ格別」

「よかったぁ」

自然と笑みがこぼれる。

こんなことしかしてあげられないけど、楓くんの夕食に温もりを添《そ》えられたらと、ずっと思ってた。

今日みたいに出張がない時も、おじさんはきっと仕事で夜遅くまで帰ってこない。

ひとりで夕食を食べるのは、仕方がないとはいえ、やっぱりさみしいから。

楓くんのためになにかをできるなんて、夢のようだ。

微笑みながら楓くんの様子を見つめていた私は、ふと、テーブルの上のあるものに気づいた。

「これってもしかして、中学の卒アル？」

テーブルの端に教材と一緒に積まれているものの、かたくるしい表紙の教材の中でひと際存在感を放つ、淡い紫色《むらさきいろ》の冊子。

「あー、そう。この前、黒瀬が遊びに来た時、いろいろ話のネタにしてたんだよ」

「へぇ～。ね、見てもいい？」

「どーぞ」

私が卒業アルバムを開くと、楓くんは再びハヤシライスを食べ始めた。

ページをめくり、卒業生の写真の中から楓くんを探す。

三好楓、三好楓、三好楓……あった！

鮮《あざ》やかな水色をバックに写る、中三の楓くんを見つめる。久しぶりに見た学ラン姿であるものの、私の記憶の中にいる中学生の楓くんではなかった。

まだ黒髪だけど、髪からのぞく耳にはピアスがつけられ、光を放っている。

ピシッと一番上までボタンを留めていた学ランも、写真では首もとがゆるく開放的になっていて。

すぐ隣で見ていたかったと、今まで何度も思ったのに、こりずにそう思ってしまう。

次に開いたのは、学年ごとの写真が収められたページだった。

そこに視線を走らせた私は、思わず固まった。

中学二年生。クラスメートだった顔触れが、ページ一面を埋めていて。

一瞬にして、この中学校にいた、あの頃の記憶がよみがえる。

楓くんへの失恋《しつれん》、別れ、そして――。

『あんたさぁ、目ざわりなんだよ』

どこからともなくそう言われた気がして、背筋がツーッと凍《こお》りつくような感覚を覚えた。

目の前が、ゆっくりと暗くなっていく。

「……十羽?」

私の名を呼ぶ声が聞こえたと知覚した次の瞬間、反応する間もなく楓くんによってバタッと勢いよく卒業アルバムが閉じられていた。

私の異変に気づいたらしい。ゆっくりと顔を上げれば、さっきまでハヤシライスを食べていた楓くんが、卒業アルバムの表紙を押さえたままこちらをまっすぐに見つめていた。

「そろそろ、片づけるか」

言葉に合わないやけに神妙なその声に、やっと我に返る。

私ってば、ぼーっとしてた……。

あわてて笑顔を取りつくろう。

「私片づけるから、楓くんは座っててていいよ」

「や、いい。俺もやる」

楓くんの声は、やっぱり固い。

どうしよう、私が変な反応しちゃったせいで心配かけちゃったかな……。

立ちあがり、テーブルの上の食器をふたりで片づけ始めても、やっぱり楓くんはきゅっときつく唇を結んでいて。

テーブルを布巾《ふきん》で拭きながら、なにかおもしろい話題はないかと思考を張りめぐらせていると。

「十羽」

不意に名前を呼ばれた。

「なに？」

楓くんは食器を重ねる手を止めて、でも長いまつ毛は伏せたままつぶやいた。

「……ごめん」

「え？」

突然の思いがけない言葉に、私は思わずテーブルを拭く手を止めて、隣に立つ楓くんを見つめる。

「俺が幼なじみで」

「……楓くん？」

「嫌だったろ」

「──そんなことない」

芯を持った声が、楓くんの言葉をまっすぐに否定していた。

だって、この気持ちは、どんなものより確かで揺るぎなくて絶対的だから。

だから、そんな悲しいこと、どうか思わないでほしい。

「嫌だと思ったことなんて、一度もないよ。同じ思い出を共有して、楓くんのことたぶんだれより見てきた。楓くんが隣にいてくれたから、私はたくさんの景色を見られた。楓くんが私の心の一番近くにいてくれたから、私はあんなに笑っていられた」

どうしたら、なんと言ったら、私の気持ち全部、楓くんに届けられるんだろう。

言葉を止め、そしてまた唇を開いた。

「楓くんと幼なじみだった私はまちがいなく、だれよりも幸せ者だよ。楓くんには、感謝してもしきれないくらい。私の幼なじみになってくれて、隣にいてくれて、ありがとうって」

私は楓くんの方に体を向け、笑ってみせた。

「楓くん。楓くんがつらい時は、私が守ってあげるからね。あなどっちゃだめだよ？　私、意外と強いんだか——」

言葉の途中で、楓くんの顔が私の顔の横をかすめ、声が途切れた。

片方の手に持っていた空になったプラスチックのコップが、私の手から離れ、床《ゆか》に落ちてコロコロと転がる。

私はもう一方の手で布巾を握りしめたまま、息を止めていた。

だって、楓くんが額を私の肩にのせ、もたれかかってきたのだから。

まるで、ふっと糸が切れたかのように。

「楓くん？」

楓くんの体がすぐそこにあり、甘い香りが鼻をかすめる。

私より二十センチほども大きいのに、今はすごく小さく感じて。

「どうしたの……？」

「……十羽」

うわ言のように、楓くんが私の名前をつぶやく。

かすれたその声が弱々しくて、まるで私の名前にすがりつくような響きで。

「楓く——」

思わずその背中に手をまわそうとした、その時。

「はぁ〜、ねみぃ」

「……へっ？」

予想外の発言に、私は思わずすっとんきょうな声をあげる。

「食べすぎたら、急に睡魔が襲ってきたんだけど。ハヤシライスよそいすぎだっつーの、ばーか」

「え、あ、ごめんね……？」

流されて謝るものの、展開の早さについていけずに混乱する。

私の肩から顔を上げた楓くんは、いつもの飄々とした表情で。

「もう遅いし、そろそろ帰った方がいいんじゃねーの？　俺も眠いし」

「うん……」

キッチンに歩いていく楓くんの後ろ姿を、その場に立ちつくしたまま見つめる私。

何事もなかったかのように振るまってるけど……ちがう。

私は、楓くんの額が触れた肩に、そっと手をあてた。

だって、体が忘れられない。

「楓くん……」

楓くんの体の、かすかな震えを。

隠し続けた本音

『大園十羽？　そんな人、このクラスにいたっけ｜』

中学の卒業アルバムを見てしまってから、あの日々の記憶がふとよみがえる。

忘れようとしてたのに、今もまだこうして心の中を真っ暗にする。

胸が痛むわけでも、悲しくなるわけでもない。ただひたすらに、心が黒い雲に覆われるかのように無になるのだ。

一昨日。私は卒業アルバムを見て、思わず固まってしまった。

だけどあの時——楓くんも反応していた。

表情が一瞬にして固まり、私の視界から写真の存在を消すかのように勢いよくアルバムを閉じた。

楓くんはやっぱり……。

そのことをさりげなく聞き出そうと思ったのに、昨日、楓くんが待ち合わせ場所に訪れることはなかった。

楓くんが私になにも告げずに来なかったことなんて、今までなかった。もしかして、一昨日のことが関係してるんじゃ……。

そこまで考えこんで、ふと自分が眉根を寄せていることに気づく。

……こんな難しい顔してちゃだめだ。今から、こっそり楓くんの姿を見に行くんだから。

今は三時。毎日委員会があり、六時にあのバス停に帰ってくる楓くんは、この時間ならきっとまだ高校にいる。

楓くんが委員会をがんばっている姿をのぞき見してしまおうという計画で、高校への道のりを歩いている。

そして、帰りに楓くんがひとりのようだったら、高校から一緒に家まで帰りたい。

楓くんの高校は、西高。こっちに住んでいた頃に、西高の近くにあるスーパーにお母さんとよく行っていたから、場所は把握《はあく》してる。

それに実は一度だけこっちに戻ってきてから、直接訪れたこともある。楓くんには言ってないけど。

この曲がり角を曲がった先が、楓くんの高校だ。

緊張と期待に胸を膨《ふく》らませ、角を曲がろうとした時。

「……わ、……せよ……」

不意にどこからか、不明瞭《ふめいりょう》な声が聞こえてきた。

なんて言っているかはわからないのに、なぜかその声に呼ばれた気がして、反射的に後ろを振り返る。

だけどそこには、今まで歩いてきた、なにもない一本道が続いているだけ。

私のことを呼びとめる人はいないはずなのに、なぜか足を止めてしまった。

勘ちがいかなと思いなおし、楓くんに会いたい気持ちの方が大きい私は角を曲がり校門へと歩を進める。

と、その時。私はある異変に気づくとともに、校門の前に設置されている立て看板を見つけた。


「ただいま」

太陽が一日の仕事を終え、山際に沈《しず》んでいく頃。六時になると、バス待合所に楓くんが姿を現した。

だけど、私はいつものように「おかえり」を返せなかった。心が鉛《なまり》のように重い。

「……楓くん」

「なんだよ、そんな深刻そうに」

楓くんが苦笑するように言う。いつもよりやわらかい声音。

また、この優しさに流されてしまう。それじゃだめだ。

私は長椅子に座ったままぎゅっとこぶしを握りしめ、入り口のところに立つ楓くんを仰ぎ見た。

「楓くんの高校……閉まってた」

「え……」

「私、今日行っちゃったんだ。楓くんの高校に。そしたら……」

楓くんの目が、じわじわと見開かれていく。

ピンと糸が張りめぐらされたような緊張感が、静かで小さな木の空間に走る。

――校門に設置された立て看板。そこには、こう書かれていた。

『冬季講習終了後、十二月二十八日以降の校内への立ち入り厳禁』

「再会して三日目――二十七日だったよね。私が、明日も会いたいって楓くんに言ったのは」

あの時、楓くんはこう答えた。

『学校、あるけど。委員会で学校行くから、あそこで待ってれば？　あのバス停で』

その次の日から、学校があるはずなんてなかったのに。

楓くんが気を使って、わざわざ学校があるフリをしてくれていた――。

膝の上でぎゅっとこぶしを握りしめる力が、自然と強まる。

「学校ないのに、私が会いたいなんて言ったから、無理させてたんだね。ごめん、気づかなくて。楓くんに迷惑なんて、かけたくなかったのに……っ」

毎日私たちは会っていた。このバス停で。大晦日もお正月も。

それは、楓くんが私に合わせてくれていたから。

……自分のしていることは正しいのか、わからなくなってきた。

私は、楓くんに伝えたいことがあって再会することを選んだ。

でも、私の行動が結果的に楓くんの負担になっていたとしたら……。

考えれば考えるほど、いたたまれなくなる。もう、どんな顔を楓くんに向ければいいかわからない。

「ごめん。今日はもう、帰るね……」

振りしぼって出した弱々しい声は、やっとのことで楓くんに届くというくらいのボリュームで。

心の中が罪悪感と混乱とで、ぐちゃぐちゃだった。

私は楓くんの顔を見ないまま立ちあがると、彼の横をすりぬけバス待合所を駆け出る。

だけど、その時だった。

「──行かせない」

そんな声が耳をかすめた次の瞬間、背後からぐっと腕をつかまれたと思うと強い力で引きよせられ、私の体は後ろから覆いかぶさるように抱きしめられていた。

一瞬、なにが起こったのか、理解できなかった。

強く、揺るぎないその力に抱きすくめられ、私は身動きすることも忘れる。

「楓、くん……？」

楓くんが、私の首もとに顔をうずめる。

「……あそこに毎日行ってたのは、十羽のせいじゃねぇよ」

耳もとでささやかれるかすれた声は、たしかに心の奥まで響いてくる。

ぎゅっと、私を抱きしめる腕に一層力が込められた。

「俺がおまえに会いたかったから」

「え……？」

もしも、この言葉が現実だとしたら、私は——。

「次の日だけじゃなくて、その先も毎日。うそついてまで、会いたかった」

第二章

宝物

『かえでくん、たからものってしってる？』

『たからもの？』

『ママにおしえてもらったんだけどね、たからものって、なくなっちゃったらいちばんかなしくて、いちばんだいすきなもののことなんだって』

『へぇ〜』

『だからね、かえでくんは、とわのたからもの！』

俺の一番古い記憶は、そう言ってニコニコ笑う十羽の笑顔。

こちらもつられてしまいそうになる笑顔を見ながら、それなら自分にとっての宝物は十羽だと思った。

あの頃から、なにひとつ気持ちは変わらない。

世界で一番大切な君が、だれより幸せになってほしいと思ってた。

たったひとりの幼なじみのことが、ずっと、好きだった——。

──五歳の時のクリスマスイブ。

その日、幼稚園バスを降車すると、迎えに来ているはずの母の姿はなかった。

連絡がつかず、結局降車場所が同じ十羽と、おばさんが家まで送ってくれることになった。

帰宅すると鍵は開いていて、玄関に十羽とおばさんを残したまま俺は真っ先に母のもとへと走った。

『ただいまぁ。〝か〟のつくこ、ただいまだよー！　おかあさーん？』

クリスマスイブということもあり、うきうき気分で声をあげるのに、母の声は返ってこない。

不思議に思って、リビングへ向かう。

だけどそこにも母の姿はなかった。

代わりに、テーブルの上に一枚の紙が置いてあった。

読めるようになったばかりの文字。

『さよなら』

そこに書かれた、たった四文字が、読めてしまった。

その字には見覚えがあった。まちがいなく、母の字だった。

『かえでくーん？　どうしたのー？』

家の中が静かなことを不審《ふしん》に思ったのだろう。十羽の声が聞こえてきた。

『おじゃましますっ』

タタタッとフローリングを駆ける軽い音が、リビングまでやってきた。

『ああ！　かえでくんみつけたー！　はやくあそびに……』

明るい声が、異変を察知し途切れる。

『ぐすっ、ぐすっ』

『かえでくん……？　ないてるの……？　どこか、いたいの？』

「とわちゃっ……うう、おかあさんがね、おかあさんが、さよならって」

『え……？』

母の部屋に、荷物はなにひとつ残っていなかった。まるで自分など最初からいなかったとでも言うように、なにも。

母と父のたび重なる口論を聞いていたこともあり、幼いながらにも母が出ていったことをさとった。

『もう、おかあさん、かえってこない……っ。ぐすっ、やだよおかあさん、ぼくをひとりにしないでっ』

フローリングに座りこんだまま、わんわん泣いていると、不意に温もりに包まれていた。

それは、十羽の温もりだった。

十羽が小さな手をめいっぱい広げて、抱きしめてくれていた。

『かなしいね、かなしいねっ……』

『うぅ……っ』

『かえでくん、とわがそばにいてあげる。かえでくんがかなしいときは、そのぶんとわがとなりでわらっててあげるっ』

『とわちゃん……』

自分より泣きじゃくっていて、でもそれを隠そうと、必死に涙声を張りあげる幼なじみ。

抱きしめてくれている、それだけですごく安心して、また涙が込みあげてきて。

どうにもならない悲しい感情を否定するのではなく、受けとめてそれを分かちあおうとしてくれた。決して、独りじゃなかった。

それから、十羽は俺の隣でいつもふたりぶん笑っていてくれた。そんな笑顔に引っぱられて、俺も笑っていられた。

十羽への気持ちを自覚したのは、この頃からだった。

十羽が初めて振るまってくれた料理だったから、ハヤシライスが大好物になった。

十羽をひとりで帰らせないように、どんなに勧誘されても部活には入らなかった。

ずっと、十羽のことしか見てなかった。

コンプレックスだと本人は言う目を含《ふく》めて、俺は全部が好きで。

まちがいなく初恋だった。

だれより大切な幼なじみを自分が幸せにしたいと、いつしかそう思うようになっていた。


どんぐりの背比べ状態だった俺たちの背も、いつの間にか俺の方がぐんと身長が伸び、中二の秋を迎えた。

放課後になり、俺はいつものように入り口から十羽の教室をのぞく。

一緒に登下校するのは、小学校時代から習慣のひとつ。初めてクラスが別れてしまった今年からは、こうして放課後にクラスまで迎えに来ている。

まだほとんどの生徒が残る教室の中、窓側の席に座る十羽の姿を認めた。

『とーわ、帰ろ』

俺の声が届くと、窓際の席に座り、ひとり帰る準備をしていた十羽がびくっと肩を揺らした。

驚かせちゃったかな、なんて反省していると。

『うん』

返事とともにこちらを振り返った顔には、いつもの笑みが浮かべられていた。

『はい、十羽』

田舎道をふたりきりで歩きながら、半分に切ったあんまんを十羽に渡《わた》す。

『私、小さい方でいいよ』

『や、俺が小さい方』

『ううん！　楓くんがおごってくれたんだから、楓くんが大きい方！』

俺の切り方が下手だったせいで勃発《ぼっぱつ》する、どっちが小さい方を食べるか論争。

『はは、十羽は変なとこ頑固《がんこ》だよね。じゃあ、お言葉に甘えて』

『どうぞどうぞ』

肌寒くなってきて温もりを求めた俺らは、通学路にある唯一のコンビニであんまんを買って、ふたりで半分個にして食べることにしたのだ。

『いただきます』

歩きながら、十羽があんまんを口に運ぶ。

俺は十羽の表情を盗み見るように、そちらに目を向ける。

するとパクッとあんまんをほおばった十羽が、目を上のかっこみたいに細めて、顔をほころばせた。

『んー、おいし〜い』

笑顔をこちらに向けて、肩をすくめ、全身でおいしさを伝えてくる。

ほっぺたが落ちそうっていうのは、まさにこういうことを言うんじゃないんだろうか。

テレビで見かけるどんなグルメレポーターよりも心底おいしそうに、そして綺麗に食べるから、昔から食べている十羽を見るのが好きだった。

俺も十羽にならってあんまんをほおばれば、あったかさと甘さとが口の中に広がった。

『ほんとだ。家で食べるんじゃなくてさ、こうやって道草して食べるから、余計おいしいんだよね』

『だね、まちがいない』

あんまんって、こんなに甘かったっけ。

『……幸せだなぁ、俺』

『え？』

『なんか、こういうなんでもない毎日が幸せ』

それは、十羽がいるから。十羽が隣にいてくれる毎日が幸せなんだと、ある時ふと思う。

空がこんなに青く見えるのは、きっと十羽が毎日を鮮やかに色づけてくれているからなんだろう。

『ふふ、どうしたの？　急に』

『ん……、これからもずっと、十羽といたいなって』

思わず本音をこぼせば、隣の十羽がぎゅっと体に力を込めたのが、気配でわかった。

しんと静まりかえった空気に緊張していると、不意に、ぽつりとつぶやかれた十羽の声が聞こえてきた。

『楓くんと、ずっと笑っていられる世界に行けたらいいのに』

『え？』

なんとなく十羽らしくない言葉に隣を見れば、十羽が前を向いたままそっと微笑んだ。

『私も、楓くんとずっと一緒にいたい』

まっすぐ届いた十羽の声が、俺の胸をいっぱいにする。

『…………』

『…………』

ふたりで黙《だま》りこくって歩いていると、不意に手の甲《こう》がコツンと触れあった。

小さい頃は、あたり前のように手をつないでいた。でも、決定的ななにかがあったというわけではないのに、いつの間にかつながなくなって――。

再び手の甲が触れて、俺はその手を捕《とら》えるように握りしめた。

十羽の緊張が、手から伝わってくる。

でもやがて、ぎゅっと同じくらいの強さで手を握り返してくれた。

ぐっと、胸の奥から愛おしさが込みあげる。

あぁ、やっぱり好きだ。

十羽は、俺と同じ気持ちではないかもしれない。でもこの気持ちを伝えたら、十羽は受けとってくれる、そんな予感がした。

……告白、しよう。したい。

幼なじみじゃ、足りない。それ以上の関係になりたい。

もっと、十羽を独り占めしたい。

『ねぇ、十羽』

『ん？』

『明日、話したいことがあるんだけど』

こうして、長年の片想いを打ち明けようと決めたのに。

人生なんてそう思いどおりにいくはずもなく、あの、史上最悪な一日を迎えることになる。

——翌日。

『ずっと楓くんが好きだった。私と、付き合って』

俺は昼休みに、ひとりの女子からひとけのない非常階段に呼び出され、告白を受けていた。

目の前のその女子は話したことはないけど、たしか十羽のクラスで見かけた、そんな覚えがある。

派手なタイプだから、目につきやすく、なんとなく覚えている。

告白の気持ちはうれしいけど、答えは最初から決まっていた。

『告白、ありがとう。でも、ごめん。君の気持ちには応えられない』

謝ると、女の子が頭を下げたまま、ぽつりと声を発した。

『……それは、大園のことが好きだから？』

どストライクに図星を突かれ、戸惑いつつも俺は正直に答えた。

『うん、そうだよ』

なんでそのことを知っているのだろう、と疑問に思った、その時。

『……ふっ』

突然女の子がふきだした。

このシチュエーションにはそぐわない、不気味でちぐはぐなその反応。

俺は目をまばたかせ、思わずたじろいだ。あまりにも、その笑い方が悪意に満ちていたから。

『ははっ、笑える。楓くん、ほんとに知らないんだね』

『知らないって、なにを？』

聞きながら、なぜだかわからないけど胸騒ぎがした。

なにか、すごく重大なことを知らされる気がする。

間もなく女の子が口を開き、その嫌な予感は的中してしまった。

『大園、クラスでいじめられてるよ』

『……え？』

こぼれ落ちた声が、自分のものだとは思えないほど遠くの方で響いた。

頭を、背後から鈍器《どんき》で殴《なぐ》られたような衝撃。視界が、ぐにゃりとゆがむ。

十羽が……なんだって……？

『楓くんが、あの子のことを好きだから。私が言うのもなんだけど、女子のひがみってすごいんだよ？』

『俺のせいで……？』

自分で言っておいて、吐き気がしてくる。

理解しようとしても、すぐ簡単に理解できるような話じゃない。

『そっ。楓くんのことを好きな女子からしてみたら、目ざわりなんだよあの子』

『……っ』

あまりに軽く言ってのける彼女。

締めつけられていた喉《のど》がやっと開く。

足を踏み出し、鉄製の踊り場がきしむ音を上げたのと同時に、俺は声を張りあげていた。

『いじめなんて、そんなのっ……』

『──じゃあ、あの子への気持ちなくしてよ』

『え？』

俺の声をピシャリとさえぎるように告げられた言葉に、一瞬にして頭の中が真っ白になる。

そんな俺とは対照的に、彼女はニコニコと意地の悪い笑顔を浮かべていて。

『それなら、いじめをやめるように、みんなに言ってあげてもいいよ。楓くんの愛情を独り占めすることがなくなれば、いじめる理由もなくなるし。実際楓くんだっていじめのことに気づいてなかったわけだし、クラスちがうんだから、大園のこと守りきれないでしょ？』

『……っ』

ずいっと顔を寄せ、こちらを見上げてくる彼女は余裕すら感じられる。

『交換《こうかん》条件よ、交換条件。楓くんがあの子への気持ちを断ちきって、みんなの楓くんになればいいの。どう？』

ぐいぐいと胸を圧迫《あっぱく》してくるような、押しの強い物言い。

答えは、ひとつしかなかった。

『……わかった』

満足そうに教室に戻り、ひとり取りのこされた俺は、手すりにガシャンともたれかかると、ずるずるとその場に座りこんだ。

知らず知らずのうちに、最大の弱点を突かれていた。

なんで……なんで、十羽の異変に気づけなかったんだろう。

毎日俺と一緒に登下校すること、俺が話しかけること、全部断ればよかったのに。

でもそうしなかったのは、十羽の優しさだ。

拒絶すれば、俺を独りにしてしまうから。

だから、なにもなかったように振るまって、俺の隣にいてくれた。

『かえでくん、とわがそばにいてあげる』

じんじんうずく胸で十羽を思えば、ふと、あの日の約束がよみがえった。

放課後。

十羽のクラスの移動教室のタイミングを見計らって、十羽の机に『校門で待ってる』と書いた置き手紙を残し、俺は校門で待った。

能天気に毎日十羽の教室を訪ねていた自分を、今は心からうらめしく思う。

あのたびに、教室中からささる痛い視線にたえていたなんて。

校門に寄りかかり、自己嫌悪にこぶしを握りしめた、その時だった。

『――楓』

不意に名前を呼ばれた。

その声に聞き覚えがあって顔を上げれば、どこから見ても隙のない優等生――十羽の弟の千隼くんが、小学校からの帰りだろうか、目の前に立っていた。

『千隼くん……』

千隼くんから話しかけてくるなんて、いつぶりだろう。

驚いている俺に向かって、千隼くんが吐きすてるように言う。

『こんなとこで会うなんて、ちょうどよかった。あんたに話すことがあったんだ』

『え？』

垂れがちな目をすうっと細め、俺をにらむようにして、ぐんぐんとこちらへ近づいてくる千隼くん。

思わずあとずされば、背中が校門にぶつかった。

だけどそんなことおかまいなしにさらに距離をつめると、千隼くんは自分より大きい俺を見上げ、まっすぐ強くにらんだ。

『あんた、もうあいつから離れて』

『……ち、はやくん』

千隼くんの言う〝あいつ〟が、十羽のことを指しているのだとすぐにさとる。

『平和ボケしてるあんたは気づいてないだろうけど、あんたのせいで、あいつは傷ついてる。苦しめられてる』

千隼くんは、十羽がいじめられていることに気づいていたらしい。

一つひとつの言葉が、まるで胸に突きささる鋭利《えいり》な刃物《はもの》のようで。

でも、なにひとつ、罪のある刺傷《ししょう》なんてなかった。

『あんたが十羽を不幸にしてるんだ』

『……っ』

正当でしかない攻撃《こうげき》が、致命傷《ちめいしょう》を負わせた。

現実をこれまでかというほどに突きつけてくる千隼くんの糾弾《きゅうだん》に、言葉も出なかった。

そうだ、俺は十羽を苦しめていた。

幸せにしたい、そう思っていながら、実際はだれよりも不幸にしていた。この〝俺〟が。

俺はうなだれるように、視線を落とした。

『……千隼くん。十羽のこと、頼むね』

かすれる声でようやく紡げたのは、それだけだった。

俺に軽蔑《けいべつ》の視線を向けたまま千隼くんが去っていき、それからしばらく経って十羽がグラウンドから駆けてきた。

『楓くん、おまたせ！　ごめんね、ちょっと掃除《そうじ》当番が長引いちゃって』

『ううん、大丈夫。帰ろっか』

『うん』

十羽の顔が見られない。うまく笑顔が作れない。

だけど、話しかけてくる十羽のテンションは、いつもより持ちあげられているように感じる。

もしかしたら、いつもとちがう俺の様子に気づいてるのかもしれない。

数学の時間に起きた珍事件《ちんじけん》の話を終えた十羽が、ふと思い出したように聞いてきた。

『そうだ、楓くん。昨日言ってた、話したいことってなに？』

『………』

俺が足を止めると、十羽も不思議そうに足を止める。

……昨日話したかったことは、もう伝えられないことだから。

『十羽。明日から登下校は別にしよう』

目を伏せたまま、ひと息に言った。抑揚をつけないように、あくまでも事務的に。

そうしなければ俺の気持ちが流されそうだった。

『え……？　どうしたの、急に……』

『いつか、言おうと思ってたんだ』

――うそだよ、ごめん。

『ほら、いつまでも仲よしこよしってわけにもいかないし』

――ずっと一緒にいたい。

『今までが近すぎたんだよ、俺ら。ただの幼なじみなのに。だからさ、これからは距離を置いていこう』

――でも、守りたい。

なんて勝手なことを言ってるんだろ。でももう、こうする方法しか思いつかなかった。

『楓、くん……』

ねぇ、十羽。そんなに悲しい顔しないで。十羽には、笑っていてほしいんだよ。

『……楓くんが、それを望むなら……』

うつむき発せられる声が、かすれていた。

十羽のことだから、そう言うと思ってた。いつだって俺の意思を尊重しようとしてくれる、十羽だから。

『……っ、びっくりした～！　あらたまってそんなこと言うなんて』

元気を装う声が涙に濡れていることに気づき、思わず抱きしめたくなって、手を伸ばす。

だけど我に返り、その手は触れる寸前で握りしめた。

今触れたら決意がゆるむ。十羽を抱きしめる資格はない。

『あ、の、えっと、ごめんね、ちょっと用思い出したから、先帰る……っ』

この場にいることにたえられなくなったのか、バレバレの出まかせを言って、目を合わせないまま十羽が逃げるように走りだす。

近くの踏切《ふみきり》で、間もなく電車が通るのを知らせる警報が鳴り始めた。

遠ざかっていく十羽の背中。

なぜか、永遠の別れのような、そんな気がして。

『十羽っ……』

たまらなくなって思わず声をあげていた。

十羽が足を止め、振り返った次の瞬間、電車がすぐ横を駆けぬけていく。

今なら、聞こえない。聞こえないのなら……。

騒がしいごう音が、すべての音を消しさっていく中、俺はぐっとこぶしを握りしめ、

『──好きだよ、十羽』

告白の言葉を紡いだ。

聞こえることも、届くこともない告白。

ごう音が、俺の声を跡形《あとかた》もなくさらっていった。

やがて電車が走り過ぎ、再び痛いほどの静寂がやってくる。

『楓くん？　なにか言った……？』

『……ごめん、なんでもない』

笑顔を取りつくろってそう言うと、十羽は目を伏せて唇を噛みしめ、また走っていってしまった。

目の前の景色から、急速に色が失われていく。

『ほんと……なにしてるんだろ、俺』

ひとりになり、ぽつりとつぶやいて空を仰げば、熱い涙が込みあげてきて、目に腕をあてる。

宝物。たったひとつの宝物。

『十羽は俺が守るよ』……なんて、なにが守るだよ。

実際はこれっぽっちも守れていなかったくせに。それに気づきもせず、さらにどん底へ突き落として。

『楓くんと、ずっと笑っていられる世界に行けたらいいのに』

昨日、十羽がぽつりと放った言葉がよみがえる。

十羽の弱音に気づいてやれなかった。

そんな世界に連れていってやれる力もない自分が、歯がゆくて、腹立たしくて、くやしくて。

幸せだなって、つい昨日話しながらふたりで歩いていたこの一本道は、今はもう温かな空気が流れていたことがうそだったかのように、冷たい風をまとっていた。

いや、実際は温かい空気なんて、最初から流れていなかったのかもしれない。

幸せな気持ちは、俺だけ。俺だけ浮かれてた。

現実を知りもせず、ひとりで幻想《げんそう》に浸《ひた》っていた。

『ごめん、十羽……』

俺が幼なじみで、ごめん。

涙はひたすら頬を濡らし、風がそれを冷やした。


それから、俺たちの間には距離ができた。

クラスもちがい、登下校も一緒じゃなくなると、今までの日々がうそだったかのように会わなくなった。

十羽との関係を聞かれることは何度もあったけど、決まって恋愛対象ではなかったと答えた。

そのたびに、俺の心はヒリついて、むなしくて。

本心すら偽《いつわ》らなくてはならない、そんな自分はひどくみじめだった。

——そして、中二の冬。十羽は突然、姿を消した。

なにも言わずに出ていった母親と同じように、俺を独り取りのこして——。

あの日の俺と、これからの俺

『楓、今日一緒に遊ばない？』

『おー、遊ぼ遊ぼ。今日うちだれもいなくてさー、ちょうど遊びたいと思ってたんだよね』

『やったぁ～！　まじで楓愛してるっ！』

『あはは、俺もー』

それからの俺は、荒《あ》れていた。

自分の気持ちを発散するように、いろんな女の子と遊ぶようになった。

そうやって埋めあわせていないと、やっていられなかった。

日が経つにつれて、スマホのアドレスには連絡先が増えていく。典型的なクズ男。

でも、いくら遊んでも、十羽のことは忘れられなかった。

どうしたら、いつになったらあいつが心の中から消えてくれるのか、答えが見つからずもがく日々。心に空いた途方もなく大きな穴は、一向にふさがらないまま。

今の俺を見たら、十羽はどう思うだろうか。

会わない間に、幼なじみはこんなにも最低な男に成りさがったよ、十羽。

もう一度会いたくて、でももう二度と会いたくなくて。

本当の気持ちは、あの頃からこれっぽっちも変わってねーのに。


そんなある日だった。十羽が、俺の目の前に再び現れたのは。

『楓くん、久しぶりっ！　驚いた？　楓くんに会いに来たんだよ』

あの笑顔。なにひとつ変わらない、愛しい幼なじみ。

信じられなくて、でもたしかにそこに十羽はいて、俺に笑いかけていて。

危うく、抱きしめそうになった。

でも。

『あんたのせいで、あいつは傷ついてる。苦しめられてる。あんたが十羽を不幸にしてるんだ』

あの日の千隼くんの声が、すぐ近くから聞こえた気がした。

俺には、十羽を幸せにする力も、その権利もない――。

俺は汚《けが》れてしまった。純粋《じゅんすい》な十羽の白さを、真っ黒に染めてしまうほど。

だから、無力な俺には、

『俺はもう十羽が知ってる楓じゃねぇから』

そんな冷たい言葉で、突きはなすことしかできなかった。

——バスケの練習試合を十羽が見に来た時だって、そう。

中学の頃の知り合いに見られたら、十羽に危害が及《およ》ぶかもしれない。それを阻止《そし》するために、十羽にきつくあたって、その場をやり過ごすことしかできなくて。

十羽を帰らせたあと、ロッカールームに戻ると、黒瀬がそこで待ちぶせていた。

『三好、どこ行ってたんだよ。また難しい顔してんぞ』

『そんなことないでしょ。見てのとおり、絶好調な三好楓ですけど？　黒瀬の目がどうかしてるんじゃねーの？』

へらっと笑うと、黒瀬はロッカーに片腕をつき、隣に立つ俺の顔をのぞきこんできた。ちっとも似合わない、真面目なつらで。

『そんなことある。十羽ちゃんのことで、なんかあったろ。勝利の立役者が、試合終わったとたんにすごい勢いでいなくなって、こっちは大騒ぎだったんだからな。三好がそこまで本気になるのは、十羽ちゃんのことに決まってる』

だから、十羽ちゃんって呼ぶなっつーの。

黒瀬から目をそらすように、ぐっちゃぐちゃな包帯に視線を落として、ぼそっとつぶやく。

『あいつが来てたから、帰らせた』

すると黒瀬が、やれやれと首を振りながら、大げさなくらい大きなため息をついた。

『ほんと、三好はクッソイケメンのくせに不器用だよなぁ』

『はい？　黒瀬くん、君はなにが言いたいわけ？』

『三好が守りたいものは、ひとつだけなんだろ？　最初っから十羽ちゃんしか守ってない。でも、その守り方が下手くそすぎるんだよ』

『…………』

『三好はさ、十羽ちゃんが、同じ中学のやつに見られることを避《さ》けたかったんだろ。それなのに、三好らしくないことしやがってさ』

ほんと、こーいうとこムカつくよね、黒瀬って。

ばかなふりして、いつだって俺のこと見透かしてくるんだから。

『どう言われようが、これが俺のやり方だよ。あいつに危害が及ぶくらいなら、嫌われる方がマシ』

『自分が悪者になるって？』

『そんなかっこいいもんじゃねーよ』

ただ、俺が無力で弱いだけ。

十羽のスーパーマンになりたいと、本気でそう思っていた時だってあった。ピンチにはいち早く気づいて、颯爽《さっそう》と十羽を助ける、そんなスーパーマンに。

でもこんな弱いスーパーマン、どこ探してもきっといない。


点灯式に行く途中で中学の同級生に会った時も、十羽のことを誤解されないように、あいつがすぐそばで聞いてるのを知っていて、ひとりだと言った。

これでいいと思ってた。くっつかず、嫌われてるくらいが、ちょうどいいって。

だって、俺といたって十羽は幸せになれないんだから。

……だけど十羽は、何度突きはなしたって、目をそらさずに俺の心を見つめてきた。

『楓くんと幼なじみだった私はまちがいなく、だれよりも幸せ者だよ。楓くんには、感謝してもしきれないくらい。私の幼なじみになってくれて、隣にいてくれて、ありがとうって』

ほんと、十羽ってなんなんだよ。その言葉だけで、一瞬にして、うじうじ悩《なや》んでた俺の心を救っちゃうなんて。

おまけに、『守ってあげる』なんて言っちゃって。

そうやって、俺が隣にいた過去を肯定《こうてい》してくれた。幸せ者だったと、言ってくれた。

十羽と過ごして、ガチガチに固めていた心がほぐされていき、そしてやっと気づいた。俺はずっと守り方をまちがってたって。

気持ちを隠していたばっかりに、守るつもりが結局はまた十羽を傷つけていた。

守り方が、どうしようもないほどに下手くそだった。小学生かよってツッコミ入れたくなるくらいには。

ばかだよね、俺。

でもやっぱり、幸せだと言ってくれたおまえを、一番近くで見ていたい。

だからさ、すっげー遠まわりばっかしちゃったけど、今度こそ正面から、俺に守らせて。おまえが抱えてるなにもかも全部、ひっくるめて。


「楓くん……」

十羽に名前を呼ばれ、ハッと現実へと意識が引きもどされる。

後ろから十羽を抱きしめたまま、ぼーっとしてた。

「どうしたの？」

腕の中から聞こえてくる、戸惑っているような、混乱しているような、そんな声。

大切な、幼なじみの声。

今、十羽はすぐ近くにいるのだとあらためて実感したとたん、心の奥に押しこめていた気持ちが、ふたがはずれたかのように込みあげてくる。

「ごめんな、スーパーマンになってやれなくて」

ぽつりと、ずっと心に引っかかっていた本音をこぼすと、十羽がやんわりと首を横に振った。

「ううん。私のスーパーマンは、いつだって楓くんだよ」

十羽……。

「はー。ほんと、おまえにはかなわねぇな。……ずっと隠してきたけど、もう限界」

「なにが？」

……え。にっぶ。

抱きしめながら、鈍感《どんかん》な幼なじみに思わず引く。

会いたかっただの、俺けっこー本音言ってんだけど。

おまけに、この体勢。

おまえ、抱きしめられてるよ？

ここまでしてもわからないとか、〝ただの幼なじみ〟って刷りこみ、すげーな。

半分あきれながら、俺はゆっくりと体を離した。

「十羽」

俺の声に従うように、十羽がこっちを振り返る。そして感情豊かな瞳が、おずおずと俺を見上げた。

その上目づかいは、やばい。あーもう、かわいいな、ばか。

こんなんだから、気持ち抑えるのもしんどいんだっつーの。

「いーよ、無理してわかろうとしないで。俺がわからせてやるから」

「え？」

ああ、なんでこんなに心が軽いんだろ。無理やりガチガチに凍らせていた氷が溶けていくのがわかる。

「もう我慢とか遠慮とかやめる。本気でいくから。俺をこんなに振りまわした責任、ちゃんと取れよな」

すると、なぜか十羽がうれしそうにはにかんだ。

「なに笑ってんの」

「ごめん。でも楓くんが笑ってるのが、なんだかうれしくて」

十羽の言葉に、今度は俺が思わずぷはっとふきだす。

「えっ、どうしたの？」

「や、俺のスーパーマン、こんな近くにいたなぁって」

「え？」

「こんな鈍感なやつが、俺のスーパーマンとか」

おかしくて、俺はまたくしゃっと顔を崩して笑ってしまった。

やっと、あの頃の笑い方を思い出せた気がした。

小さい頃からずっと。
やっぱり俺は、おまえしか見えない。

〝幼なじみ〟に終止符を

楓くんと再会して、やっと気づいた。

楓くんが私と距離を置いたのは、いじめのことを知ったからだと。

だけど中学の時は、楓くんがいじめに気づいたことを、少しも知らなかった。

距離を置かれて、嫌われたと思いこんで。

だから、引越しの日。私は楓くんにさよならを言えなかった。

離れ離れになることを、これっぽっちも悲しんでくれなかったら。『むしろせいせいする』なんて言われたら……。

そう考えたら、恐怖心に負けてしまった。

ごめんね、楓くん。優しさに、気づいてあげられなくて。

なにも言わずに離れて、君を傷つけて——。

『もう我慢とか遠慮とかやめる。本気でいくから』

なにかが吹っきれたように、すがすがしい表情で楓くんにそう宣言されて一日経ち。

「はい、あがりー」

「えっ、もう？」

「うん、もう」

楓くんの家で、私たちはババ抜きをしていた。

昨日の別れ際、楓くんに『明日、六時に俺のうち来て』と誘われ、何事かと思ったら遊ぶ相手になってほしかったらしい。

「また負けた……。楓くん強すぎる！」

「おまえが弱すぎるんじゃないの」

ヘッと嘲笑《ちょうしょう》する楓くん。勝者の余裕の笑みだ。

「やっぱりあきらめきれない。もう一回！」

テーブルの上に散らばったトランプをかきあつめ、シャッフルをする。

「どーせ、いくらやっても俺にはかなわねーだろうけどな」

ばかにするような楓くんの言葉は、やっぱり的中してしまう。

意気込んで再戦を申しこんだものの……。

「はい、俺の勝ち」

あっという間に対になったトランプが、テーブルの上にパサッと放りなげられる。

「えー、なんで勝てないのー」

行き場を失い手もとに残ったジョーカーを見つめ、がっくり肩を落とす。

もう何度見ただろう、この一枚取りのこされた悲しいジョーカーの姿を。

「だって十羽、目でジョーカー追ってるし」

「えっ、うそ」

「小学生レベルかよって」

楓くんがそう言って笑う。

思わずドキッとしてしまうのは、その笑顔がとびきり優しいから。

なんだか、昨日から楓くんの様子が変だ。

見た目も口調も変わったのに、昔の楓くんがそこにいるみたいで。

ずっと閉じられていた心の扉が開いて、私を迎えいれてくれているかのような、そんな気になる。


「トランプもいい加減飽きたし、映画見よ」

私が七戦七敗を喫《きっ》したところで、楓くんがそんな提案をしてきた。

「映画？」

「ん。今朝、レンタルしてきたんだよね」

私がトランプを片づけていると、楓くんが立ちあがって、テレビの横からケースに入った数枚のＤＶＤを持ってきた。

その多さに驚いて、楓くんを見上げる。

「これ、全部借りてきたの？」

「とりあえず、いろんなジャンル借りてみた」

「すごい……」

品ぞろえ豊富なラインナップ。

ミステリーにドキュメンタリーにラブストーリーにコメディーにＳＦ。ホラーまである。

「どれ見る？」

「んー、迷っちゃうなぁ」

私と見るために借りてきてくれたのかななんて、そんなことを思って胸を弾ませながら、私は一枚のＤＶＤを手に取った。

「これがいいっ」

「げ、よりによってそれかよ」

私が選んだＤＶＤを見て、楓くんが顔をしかめる。

それもそうだ。だって私がセレクトしたのは、少女漫画が原作のラブストーリーなのだから。

ずっと気になってた映画だけど、さすがに楓くんには退屈《たいくつ》か。

「あ、やっぱり、こっちのSFにしようかな」

「まいーよ、さっきので。十羽と見ようと思って借りてきたんだし」

そう言って、楓くんがラブストーリーのDVDを手に取る。

「へへ、ありがとう。太っ腹だねぇ、楓くん」

「今さら」

楓くんがディスクをプレイヤーにセットしている間に、私はテレビの前のソファに移動する。

すると、リモコンを手にした楓くんが、あたり前のように私の隣に座った。

ふわっと甘い香りが、鼻腔をくすぐる。

肩と肩とが触れるその距離に、思わず胸がざわめく。今までの距離感とあきらかにちがう。

ち、近い……っ。

動揺しているうちに、DVDが再生された。

楓くんとの距離に緊張してしまって、最初はまったく映画の内容が頭に入ってこなかったものの、集中集中と念じていると、やがて映画を見られるようになった。

映画は、地味な女の子のシンデレラストーリー。

校内イチのイケメンの同級生・リオくんが、主人公の女の子をかわいく変身させてしまうお話だ。

キュンキュンしてしまうシーンばかりで、心臓がもたない。

「きゃーっ」と思わず黄色い悲鳴をあげてしまうような箇所も、何度もあって。

「はぁ、よかったぁ〜」

かわいらしい主題歌にのせてエンドロールが流れる頃には、私の胸はピンク色に染まっていた。

楓くんがソファに寄りかかりながら、やっぱりラブストーリーは退屈だったのか、冷めた声でつぶやく。

「ふーん、ああいうのがいいわけ」

「ああいうのがいいんだよ、楓くん。もうドキドキしまくり！　壁ドンの時、リオくんかっこよすぎたー」

壁ドンシーンを頭の中で再生しながら、頬に手をあて、思わず恍惚の声をもらすと。

「へー」

そんな声が聞こえてきた次の瞬間——突然手首をつかまれていた。

理解する間もなく、バタッとそのままソファの上に押したおされる。

スプリングがきしんだ音が響き、やわらかいソファが私の背中を受けとめた。

私を見下ろす楓くんの瞳を、息もつかずに見つめること、数秒。

やっとのことで状況を理解したとたん、カァッと頬に熱が上り、鼓動が暴れだす。

「か、楓くんっ……？」

上から私を見下ろしてくる楓くんの瞳は、熱っぽくて色っぽくて。

形のいい、綺麗な唇が、滑《なめ》らかに動く。

「俺には？　ドキドキ、してんの？」

「え……？」

「俺は壁ドンなんかより、もっといいことしてやれるよ。おまえのことドキドキさせるのなんて、簡単だから」

艶のある声でささやき、きゅっと口の端を上げて余裕げな笑みを浮かべる楓くん。

「……っ」

思わず声がつまる。

甘い蜜《みつ》で誘って、私の心をからめとってしまうよう。

そんなのずるい……。ドキドキしないわけないのに……。

今きっと、顔真っ赤だ。

「あんまり……顔見ないで」

恥ずかしさに顔を手で覆うけど、その手もあっさりつかまれ、顔から剥《は》がされる。

「やだ、見せて」

からかうような、楽しんでるような声が降ってくる。

頬にかかっていた髪をよける、楓くんの綺麗な指。

経験豊富だからか、その仕草はあまりにも自然で。

髪一本一本に神経が通っているのではないかと錯覚してしまうくらい、楓くんを感じてしまう。

「もっと俺にドキドキすればいいのに。俺以外にドキドキしてないで、俺だけに乱されてろよ」

「……っ」

そんなこと言われたら、私ばかだから勘ちがいしちゃうよ……。

楓くんが顔を近づけ、とどめをさすように微笑んだ。

「もっとドキドキさせてやろっか」

甘い声でささやかれ、もう、もう心臓が限界。

「楓くん……」

降参の白旗を振りながらわずかにうるんだ瞳で見上げると、楓くんが視線をそらし、

なぜか「はぁ……」とため息をついて体を起こした。

なにか気分を害することをしてしまったかと、私もあわてて体を起こす。

「どうしたの？」

たずねると、楓くんが立て膝に頬をのせて、不機嫌そうにこっちを見つめてきた。

「なぁ、おまえのそれ、無自覚？」

「え？　どういうこと？」

「いや、ムカつくなぁって」

笑顔でさらりと毒を吐く楓くん。

「ええっ？」

「理性ふっとぶっつーの、ばーか」

意味がよくわからないけど、それは大変な事態なの⁉

「ふ、ふっとばさないで⁉」

全力でフォローに入ると、楓くんがふきだして眉を下げて笑った。

「ぜってぇ意味わかってねーだろ、それ」

やっぱりあの、なつかしい、楓くんらしい笑顔で。

「うん、意味わかってなかった」

白状して、てへへと頭をかきながら笑っていると。

「……なぁ」

楓くんが笑顔を消して、片膝を抱えたまま、まっすぐにこちらを見つめてきた。

「ん？」

「デートしよ」

「えっ」

楓くんの口から飛び出した、デートという予想外の言葉に、思わず目を見開いて固まる。

さっきから急展開が続きすぎて、頭がついていかない。

「今週の日曜三時、いつものバス停前集合」

戸惑う私とは相反して、事務連絡でもするように話をスラスラ進めていく楓くん。

やっぱりなんかおかしい！

「ちょっと待って……！」

「なに？　三時だとムリ？　なら、いつもどおり六時集合でもいーけど」

って、そうじゃなくて……！

「急にどうしたの？　なにかあった？」

「なんもねーわ」

ジト目で、すかさず入るツッコミ。

でも、だって……。

ソファの上で正座をしていた私は、ぎゅっと膝の上でこぶしを握りしめる。

「学校ないのに、いいの？　せっかく冬休みなのに……」

おずおずたずねると、楓くんがふっと目もとをゆるめた。

「言ったじゃん、俺が毎日会いたいんだって」

「……っ」

まっすぐすぎる言葉に、ぎゅっと胸が締めつけられて声を失う。

「それともなに？　おまえは嫌なの？　デート」

「嫌じゃない」

即答。嫌なわけがない。

すると、楓くんがふにゃりと笑った。

「なら決まり」

「楓くん……」

やっぱりかなわない。いつだって、私の後ろめたさも不安も、すべて一瞬で払拭《ふっしょく》してしまうんだから。

「十羽」

楓くんが私の瞳をしっかり捉えなおす。

そうして、世界で一番優しい言葉を紡いだ。

「俺の宝物はおまえだよ」

それから楓くんは家の前の路地まで送ってくれた。

今までは言ってくれなかったのに、『また明日』を返してくれた。

再会してからの楓くんは作りものの笑顔しか浮かべていなかったのに、今日私が目にしたのはまちがいなく、ずっと見たかったあの笑顔だった。

なにかが変わり、止まっていた歯車がまわりだした、そんな気配がした。

ピンクとブルーに揺らめく涙

たとえば寝坊《ねぼう》した私を楓くんが家まで迎えに来てくれたり、昼間から街中をふたりで目的もなくブラブラしてみたり。

そんなことが普通だったあの頃に戻れないことは、私が一番わかってる。


日曜日、二時四十五分。

空では太陽が存在感を放ち、降りそそぐ日ざしが暖かい。

これからデートだなんて、あまりにも実感がわかないけど、いい天気でよかったと思ってしまう自分もいたりして。

――楓くんと明るいうちに会うということは、再会以来あまりなかった。

思い返してみると、明るいうちに会ったのは、再会した日と、高校を訪ねようとした日、バスケの試合を見に行った日くらいだ。大抵《たいてい》が、暗くなってから会っている。

それにしても……あらたまってデートだなんて、緊張してしまう。

長椅子に座っていたけど、そわそわしていても立ってもいられず、待合所の外に出て楓くんを待つ。

楓くんにとっては、デートなんて日常茶飯事だったりして。

なんで急にデートだなんて言いだしたのかわからないけど、私だけが浮かれていたらどうしよう。

楽しみと不安。両極端《りょうきょくたん》な気持ちに揺れ、青空を見上げていると。

「大園十羽、かーくほ」

不意に背後から鎖骨あたりに手がまわされ、ぐっと引きよせられた。

トン、と背中になにかがあたる。

この声、甘い香り――。

「……っ」

振り返れば、私を見下ろす楓くんがそこに立っていた。

というか、距離感がおかしい。片手をまわされ、後ろから抱きしめられているみたいな体勢になっている。

こんな近くで綺麗な顔に見つめられて、平常心でいられるはずがなく。

「来んの、はえーのな」

「そう、かな」

なんとか平静を装って答えたものの、全神経はというと、乱れた鼓動を抑えるのに必死で。

「楽しみすぎて、待ちきれなかった？」

甘い声でささやき、ニヤッと意地悪な笑みを口にのせる楓くん。

うう……あながちまちがってない……。でも。

「それを言うなら、楓くんだって」

約束の時間までは十五分もある。

すると、楓くんがフッと目もとをゆるめて笑った。

「あたり前じゃん。十羽とのデートなんだから」

「……っ」

ああもう、楓くんが甘すぎる。意思表示、こんなにストレートだったっけ……。

見上げていると、楓くんの瞳をふち取る長いまつ毛がすごくよく見える。

なんでこんなにかっこいいかなぁ、楓くん。

「さ、そろそろ行くか」

腕から私を解放しながら、楓くんが声をあげた。

「ねぇ、どこ行くの？」

「ん、着いてからのお楽しみ」

そう言って、いたずらっ子みたいに笑ったかと思うと、楓くんが歩きだす。

私もあわてて横に並んだ。

楓くんは街とは反対の山の方に向かって歩いていく。

でも、どこに行くのか検討もつかない。

こっちって、なにかあったっけ。山ばっかりで、なにもなかった気がする。

いくら頭をフルに稼働《かどう》させても、答えは見つからないまま。

ただひとつ確かなのは、脚《あし》の長い楓くんが私の歩幅《ほはば》に合わせて、リーチの差をカバーするように歩いてくれているってこと。

だからやっぱり、どこまでもついていこうなんて単純で当然な思考回路に落ち着いてしまう。

「なんか、なつかしいなぁ」

歩き始めて少し経ったあたりで、私はまわりの景色を見まわしながら、浸るようにつぶやいた。

「なにが?」

「こういう景色が。もといた場所に、また戻ってきたって感じがする」

どれだけ歩を進めても、どこもかしこも緑色。

すみわたった空気と、生《お》い茂《しげ》るたくさんの木々が、私たちをマイナスイオンで包みこんでいる。

　これが、私が生まれて育った場所だ。

　引っ越した先では、こんな光景、どこに行っても見つからなかった。

「すっげー田舎なだけだけどな」

「まったく、わかってないなぁ、楓くんは。自然を享受《きょうじゅ》しながら生活できるって、すっごく幸せなことなんだよ？」

　腰に手をあて、生徒を注意するようにたしなめると。

「はいはい、わかりましたよせんせー」

　楓くんもこのノリにのって、生徒みたいに返してくる。

「うむ、よろしい」

　腕を組み、ちょっとえらそうに返事をしたところでついに我慢できなくなって、思わずふたりでふきだし、

「くだらねーな」

「くだらないね」

　なんて言いあって、またくすくすと笑う。

　やっぱり楓くんの笑顔が好きだ。

　その目がアーチ型を描く時、同じくアーチを描いて心に虹《にじ》がかかったかのような気

分になる。

今、すごく幸せだな。

笑顔でいるこの瞬間を噛みしめながら、前を向いた時。

……コツン。

不意に、手の甲と手の甲とがぶつかった。

どきりと心臓が跳ねて、反射的に手を引っこめようとする。

だけどそれより早く、その手を楓くんの手が捕まえていた。そしてそのまま、指をからめるようにして、ぎゅっと握りしめられる。

大きくて長い指は、あっという間に私の手を包みこんでしまう。視線は前に向けたまま、楓くんが声を落とした。

「おまえは、目離すと勝手にいなくなるから。黙って捕まえられといて」

「……っ」

思わず息をつめる。自分の頬が、一気に熱を持つのを感じた。

楓くん……。

暴れる心音を聞きながら、そっとためらいがちに楓くんの手を握り返す。

すると、さらにぎゅっと力を込めて握ってくれた。

楓くんの手の温もりを手のひら全体に感じながら、ふと、前にもこんなことがあったことを思い出す。

中学二年生――離ればなれになる前、下校中にこうして手の甲が触れあって、楓くんが手を握ってくれた。

あの直後、急激に私たちの距離は変わってしまった。

でも、私の気持ちは一ミリも変わらない。楓くんを好きな気持ちが、ブレずに私という人間を形作っている。

「おまえの手ちっせ」

不意に、つないだ手に視線を落として、楓くんがつぶやいた。

「えっ、そう？」

手をつないでいることへの緊張が隠しきれず、うわずりながらそう返すと。

「かわいい」

ぽつりと、まるでこぼれてしまったかのように発せられた声。

「え？」

反射的に顔を上げ隣を見ると、楓くんは反対側を向くように少し顔をそらしていて。

こちらからその表情はうかがえないけど、ピアスで飾《かざ》られた耳がなんとなく赤くなっていて、私は思わず固まる。

「楓くんって……手フェチだったの？」

何年もの付き合いだというのに、初耳だ。

もしかして、言いづらかったから照れてるのだろうか。

そんな重大な秘密を私に打ち明けてくれたなんて……うれしいよ楓くん……。

「はぁ？　ふざけんなばか。変なこと考えてるだろ、その顔。そんな性癖《せいへき》持ってねーわ」

秘密を打ち明けてくれたことに感激して目をうるませていると、すかさず鋭いツッコミが飛んでくる。

「ちがうの？」

「おまえが、手つないだだけで緊張してるからかわいいって言ったんだよ。つーか、頼むからこんくらい察して」

「……っ」

額を押さえ、消沈《しょうちん》した様子の楓くん。

だけど私は、許容範囲を軽く超えた予想外の言葉に混乱していた。

どういう理由でそんなことを楓くんが言ったのかわからなくて、思考がついていかない。

「でも、私なんて……」

目が合うだけで怖がられる私なんて、〝かわいい〟とは無縁《むえん》なのに。

するると楓くんは額にあてがっていた手を下ろし、ぽつりと言った。

「もう何度も思ってるよ」

「え？」

あまりにもさりげなかったせいで聞きとれず、反射的に楓くんを見上げて聞き返した時。

「ほら、おまえがぼけーっとしてる間に着いた」

いつもの調子で楓くんが顎をくいと少し上げ、なにかを指しめした。

それに促されるように前方に目を向けると。

「あっ……」

思わず感嘆の声がもれた。

だって目の前には、一面黄色のタンポポ畑が広がっていたのだから。

駆けより、目を輝《かがや》かせながらタンポポ畑を一望する。

「わぁー、すごい……」

木々が円形に生えていない部分の真下に、タンポポ畑はあった。

まるで、木々たちが邪魔しないようにしているみたいに、タンポポ畑の上方だけは青空が広がっている。

陽の光がさしこむ様子は、とても神秘的だ。

その光を受けるタンポポたちは、鮮やかな黄色に輝いている。

「こういう場所、すっごく好き！　連れてきてくれてありがとう、楓くん！」

笑顔で振り返ると、ポケットに手を入れたまま遅れるようにしてこちらへ歩いてくる楓くんも口もとをゆるめた。

「おー、ぶんぶん振ってる尻尾《しっぽ》が見える」

「だって絵本の中に来たみたいなんだもん！」

昔読んだ絵本の中に出てきそうな、そんな光景だった。

「まさに、秘密の名所だね」

「だな」

こうしてタンポポ畑を見つめていると、冬なのに心と体がぽかぽかしてきて。

胸いっぱいに大きく息を吸いこんで、目の前の景色をあらためて視界いっぱいに収める。

……夢を見てるみたい。

「この時期に、こんな綺麗なタンポポ畑が見られるなんて思わなかった……」

「冬でも咲いてるなんて強いよな、こいつら」

「うん」

「ここ見つけた時、十羽が帰ってきたら連れてきてやりたいって思った。まぁ、また会えるなんて思ってなかったけど」

　私は目を伏せ、微笑んだ。

「ありがとう」

「俺さ、なにかいいもの見つけると、十羽に見せたいって思うんだよね。それくらい、いつだっておまえは、俺の心の一番でかいとこ占めてる」

「楓くん……」

　楓くんがこちらに体を向けたので、私も楓くんの方へ体を向ける。

　すると、なにかを決意したかのように揺るがない瞳をした楓くんが、そこにはいた。

「十羽に、ずっと言いたかったことがある」

　まっすぐにこちらを見つめる強いまなざしに、ぐっと心を捕らえられて、思わず言葉を忘れる。

　意識すべてを楓くんの瞳に奪われてしまったみたいに、なにも考えられない。

　ただ、楓くんの瞳が宝石みたいに綺麗だと、そう思った。

「十羽」

　楓くんの手が伸びてきて、私の髪をなでた。いつくしむように、そっと、優しく。

　そして、私の瞳をまっすぐに射抜《いぬ》いたまま、言葉を紡いだ。

「——おまえが、好きだよ」

楓くんの唇が動くのを、ただ見つめていた私は、まばたきすらも忘れて目を見開いた。

楓くんの声だけが輪郭を持って聞こえ、頭の中に波紋《はもん》のようにじんわりと広がって。

徐々に意識がしっかりしてくる。

「え……」

今……。

言葉の意味を理解したとたん、感情の波がすごい勢いで押しよせてきた。その波に溺《おぼ》れそうになる。呼吸がうまくできているのか、わからなくなる。

う、そ……。

楓くんの瞳に私が映っている。彼が今見つめているのは、まちがいなく私で。

「ずっと、小さい頃からずっと、十羽しか見てなかった」

ひと呼吸置いて、楓くんが再びその瞳の中に私を捉えなおした。

「もう幼なじみの関係じゃ足りない。だから、俺と付き合って」

「……っ」

楓くんの言葉は、まっすぐに胸の中に飛びこんできて、心臓を揺さぶる。

そんなことを思っていてくれたなんて……。

うれしいのに、今までで一番幸せな瞬間なはずなのに、私はたえられなくなってうつむいていた。

混乱する頭の中で必死に言葉を見つけ出し、とっさに口から出たのは——拒否《きょひ》の言葉。

「でも、楓くんには私なんかよりいい子が……」

だって、私は……。

その時、楓くんの手が私の頬を両手で包みこみ、上を向けさせられた。

顔を上げた私は、眼前の楓くんの表情に思わず目を見開く。

「楓く——」

視界いっぱいに映った楓くんは、笑っていた。泣きそうに眉尻を下げて。

「十羽は、うそが下手だな」

「……っ」

両の親指で頬をぬぐうようになぞられて、そこで初めて自分が泣いていたことに気づく。

うそ、いつの間に……。

自覚したとたん、涙がぽろぽろと絶え間なく頬を伝い、コントロールが効《き》かなくなったかのように止まらなくなった。

自分の意思に反しているように思えて、だけどその涙は本心以外の何物でもなかった。

だめだ、と心の中でもうひとりの自分が叫んでいる。

けどもうこれ以上、自分の気持ちにうそをつくことなんて、できなかった。

「ごめん……好き……」

大好きな人からのまっすぐな気持ちに押されるようにして、ずっとずっと胸の中でつかえていた気持ちが、ついにこぼれた。

私は顔を上げ、楓くんを見つめた。

「私も、楓くんのことが好き……」

精いっぱい紡いだ声は、涙のせいで湿《しめ》っていて、それなのにかすれていた。

だって、声にできるなんて思ってなかった言葉だった。

涙を流しながら楓くんを見上げていると、不意にぐいっと腕を引かれた。

そしてあまりに強い力で抱きすくめられる。

「やばい、どうにかなりそう。あー、やっと、気持ち伝えられた……」

抱きしめる腕と、胸から聞こえてくる楓くんの心音に包まれ、それがすべて私に向けられているものだと思うと、心が震える。

「……私じゃ、幸せにしてあげられないかもしれないよ？」

涙に濡れるかすれた声で口に出すと、楓くんが腕をゆるめて私の体を腕の中に囲ったまま、おでこを小突いてきた。

「ばーか。おまえに幸せにしてもらうんじゃなくて、俺がおまえを幸せにするんだよ」

「うう、楓くん……」

泣いている私を見て、楓くんがふきだすように笑う。

「ふっ、おまえ泣きすぎ」

ああ、ほんとだ。

「涙腺、ゆるくなっちゃったかなぁ」

涙で顔をぐちゃぐちゃにして泣きながら、へらっと笑みをこぼす。

すると、また背中に腕がまわり、引きよせられるようにして抱きしめられた。

楓くんはどうして、こんなにも優しく抱きしめられるんだろう。

抱きしめるって行為《こうい》が、こんなにも優しいものだと初めて知った。

「頭ん中、十羽しかねぇよ。十羽しか見えない」

「楓くん……」

「もう、離さないから」

「うん、離さないで……」

どうしよう、涙が止まらない。制御《せいぎょ》、できない。

これじゃ、楓くんの肩がびしょびしょになっちゃうのに。

……ごめんね、楓くん。今は、楓くんの愛に包まれていてもいいかな。今は、わがままを言ってもいいかな。

君が好きだという気持ち以外、全部なくなってもかまわない。

このまま時が止まってしまえばいいのに。

プレイボーイのジレンマ

「はー、まじであいつ天使じゃね？」

昼休み、俺はカフェオレのストローをくわえながら、頬づえをついた。

「久々に会ったと思ったら、のろけ話しかしてねぇじゃーん」

目の前に座り、フグみたいに頬を膨らませているのは、もちろん黒瀬。

新学期が始まり、久々に顔を合わせた俺は、近況《きんきょう》——十羽と付き合い始めたことを話した。黒瀬はなぜかすべてを知っていた様子で、たいして驚かれはしなかったけど。

「こっちは女子のみなさんから問い合わせが殺到《さっとう》して、対応が大変なんですけどー？」

黒瀬の文句に、俺は首をかしげる。

「問い合わせ？　なにそれ」

「三好が遊んでくれなくなったからって、彼女できた説流れてんの！」

「あー」

首の後ろに手をまわしながら、返事を濁《にご》すように苦笑いを浮かべる。

まぁ、なんとなくこうなることはわかってた。十羽に会うために、冬休み中は遊びに誘われてもことごとく断ってたから。

「……大丈夫なのか？」

不意に黒瀬が真面目な表情を作り、声をひそめるように顔をぐいっと近づけてきた。

もしもまた十羽に危害が及んだら。そう言いたいんだろうけど、そんなのとっくに腹くくってるっつーの。

「あいつは俺が守るよ。なにに代えても」

「三好……」

俺はニコッと作り笑顔感満載の笑みを黒瀬に向けた。

「だから黒瀬くん、協力よろしく。詳《くわ》しいことは黒瀬に聞いてって言っとくわ」

すると、黒瀬が大声をあげながら、身をのり出してきた。

「み、三好ぃー!?　なんで俺にはそんなにツンデレーっ!?　俺だってこんなに三好のこと好きなのにー！」

「うわ、きも」

「えぇえぇえ！」

さっきまでの真剣さはどこに行ったんだよ。

久々に会ったけど、相変わらずにぎやかなやつ。

「はは、ばーか」

思わず、黒瀬のオーバーすぎるリアクションに笑ってしまう。

するとそんな俺を見て、黒瀬は驚いたように目を丸くし、それから力が抜けたようにくしゃっと笑った。

「やっぱ、三好変わったな。昔みたいに笑顔が優しくなった。長年の片想いが実ったんだもんな。さぞかしラブラブしてるんだろ～？」

せっかくいい感じのことを言っていたのに、後半はニヤニヤとだらしなく口もとをゆるめて、茶化してくる黒瀬。

やっぱ、そこ突いてくるよねー。

俺は頬づえをついて、ため息交じりにつぶやいた。

「それが全然手ぇ出してねーんだよな」

「……はっ？」

よっぽど衝撃的だったのか、背筋を伸ばし、顔全体、いや体全体で驚きを表現する黒瀬。

俺はまたストローを口にくわえた。

「俺にとって、あいつは簡単に手出していい存在じゃないから。目の前にすると、抱きしめるまででセーブしちゃうんだよね」

「まっじで？　あの色男が？　片想い期間長すぎて、こじらせてんなぁ」

「うっせーよ」

紙パックを机に置き、俺は目を伏せた。

「ただ、すごく大事にしたい」

抱きしめたい、キスしたい、たくさん触れたい。

だけど、ここであせったり早まったりして、十羽を傷つけてしまうかもしれないことをおそれてるんだと思う、たぶん。

本能と理性のたたかい。

軽くびびってるのもあるし。本命すぎて、どうしたらいいかわかんね。

「聞いて許可取ればいいんじゃねーの？　キスしていい？　触ってもいい？　って」

「まじで言ってんの？」

「おう！　俺はいつでもまじだ！」

黒瀬が自信満々に胸をたたく。

いちいち聞くの？　いや、それダサくね？

「ハーイ、ソウデスネー」

「おそろしいほどにわかりやすい作り笑顔と棒読み！」

すべり気味の黒瀬のツッコミが、昼休みの教室に響いた。

いつものようにとある場所に立ちより、それからその足でバス停に向かうと、――いた。

「ただいま、彼女さん」

待合所の長椅子に座っていた十羽が、俺の声に引っぱられるようにして顔を上げる。

俺の姿を認めると、はにかむように、顔をほころばせた。

「おかえり。えっと、彼氏、さん？」

「はは、ぎこちなすぎ」

「照れるって～」

俺が長椅子に座る隣で、両手を頬にあててはにかむ十羽。

十羽の顔を見るだけで、頬が自然とゆるんでしまうんだから、俺はそうとう重症《じゅうしょう》らしい。

だせぇな、俺、超《ちょう》舞いあがってる。

デレデレして自分でもキモいと思うけど、大切なものを前にして、なにも隠さず偽らず、本心をさらけ出せることが幸せで。

「楓くん、寒かった？」

「ん？」

「楓くんの体から冷気伝わってくる」

「まじ？」

「でも私の手冷たいから、あっためてあげられない」

「十羽が隣にいるだけで、なんかあったかくなってくるからへーき」

俺は体を横に倒して、十羽の肩に頭をのせた。

かすかに揺れた肩の動きから、十羽が驚いたのが伝わってくる。

んー、やっぱまだ緊張してんな。

「ちょっとだけ、こうさせて」

「う、ん」

「あー、おまえの隣が一番落ち着く」

目をつむり吐息とともにつぶやくと、十羽の弾んだ声が降ってきた。

「ほんと？　私も、小さい頃からずっと同じこと思ってた。楓くんの隣が一番落ち着くんだよね。相思相愛、だね」

「さすが俺の幼なじみ」

顔を上に向けると、十羽が俺に視線を落として笑った。

「私ねぇ、楓くん検定受けたら全問正解する自信あるよ」

どこから出た自信なのかわかんないけど、語尾《ごび》に音符《おんぷ》を飛ばすように言い、満面の笑みを浮かべてる十羽。

はぁ……。

「心配になるんだけど」

かわいすぎて。

「ん？」

姿勢を直して十羽の方に体を向け、問いつめる。

「おまえ、ちゃんと言えんの？　ほかの男に迫られたら、私は幼なじみの楓くんのものですって」

「へっ」

我ながら器小せぇなって思うけど、そんな気持ちさえ上まわる独占欲《どくせんよく》。

俺だけが知っていたい。十羽が見せる一瞬一瞬を。

十羽の前では、大人げない本心が暴かれて、どんなかっこつけた鎧《よろい》も意味をなさない。

「さっきの笑顔、ほかの男の前では禁止。だれにも見せんなよ」

すると、十羽は一瞬ハッとしたような表情をし、でもそれは錯覚だったと思うほどすぐに消しさると、ニヤニヤと笑う。

「それって、ヤキモチ？」

「そうだよ。ヤキモチ」

「え？　そう言われると照れるねぇ」

おどけたふうに言い、それからおだやかに微笑んだ。

「うん。だれにも見せないよ」

＊＊＊

「今日の夕食どうすっかな」

坂を登っている途中で、楓くんがふとつぶやいた。

これからおうちデート。向かう先は、楓くんの家だ。

「夕食かぁ。うーん、和食はどう？」

「あー、それあり」

「でしょ？」

「じゃあ、今俺が思いついた料理あててみ？」

「よし、まかせて！　じゃあ、せーので言おう。せーの！」

「肉じゃが！」「肉じゃが」

「あははっ、やっぱりーっ！」

「ハモりすぎ。これは俺検定満点だわ」

そんな会話をしてるうちに家に着いて、楓くんがドアの鍵を開ける。

と、楓くんの動きが、ドアを開けたその姿のまま止まった。

「……うーわ、またかよ」

あきれたように乾ききった笑みを浮かべ、家の中を見ている楓くん。

私もひょいと家の中をのぞけば、楓くんをあきれさせた原因はすぐ見つかった。

「おっ、すごい荷物」

玄関《げんかん》からリビングに続く廊下に、これでもかというほどに荷物が置かれていた。

廊下の先のドアも開けはなたれ、リビングにも大量の荷物が置かれているのがわかる。

まるで、台風が通過したあとみたいな光景。

「あいつ、やってくれたな」

ため息交じりに靴《くつ》を脱《ぬ》ぎながら家に上がる楓くんは、どうやら犯人に心あたりがあるらしい。

かくいう私も、目星はついてる。

「相変わらず、お土産の数が膨大《ぼうだい》だね、おじさん」

「これ片づけるのは俺なんだけど。金つかうとこ、どう考えてもまちがえてんだろ。はー、ったく、あの親父……」

出張のたびに膨大な数のお土産を買ってくる、楓くんのお父さん。

『今日も楓と遊んでくれたんだね。ありがとう、十羽ちゃん。これからも、楓と仲よしさんでいてやってね』

記憶の中のおじさんが私に話しかける。

とってもかっこよくてダンディーなのに、話すとすごくやわらかくて。私と話す時は必ず腰を曲げて目線を合わせてくれる、そんな人だった。

お土産の数は少し抑えた方がいいかもしれないけど、これもおじさんなりの楓くんへの愛情表現なんだろうと思う。なかなか家にいられないぶんの、おじさんなりの気づかい。

楓くんの優しさと似てるから、よくわかる。ちょっと不器用で、でも愛にあふれていて。

楓くんだって小言を並べつつも、それが心からの嫌悪じゃないってことはわかる。

「リビングは場所ねぇし、俺の部屋行くか」

「そうだね」

荷物を踏まないように足もとに気を配りながら、楓くんのあとをついて廊下を進む。

一階の一番奥《おく》にあるのが、楓くんの部屋だ。

楓くんはドアを開けると、スクールバッグを勉強机に置いて、そのままベッドに仰向けに倒れこんだ。

「はー、あの数の荷物見たらどっと疲《つか》れた」

額に腕をのせ、遠い目をする楓くん。

「おいしいの、あるといいね」

「親父、お土産センスゼロだから、ぜんっぜん期待できない」

「消費が大変」

さっきの荷物の多さを思い出してくすくす笑っていると、楓くんがベッドをぽんぽんとたたいた。

ベッドの端に寝転がる楓くんの隣には、人がひとり寝られるぶんのスペースが空いていて。

「なんでそんなとこ突っ立ってんだよ。そんな遠くにいないで隣来いよ」

「え？」

「昼寝しよ」

昼寝、というか、もう夕寝くらいの時間だけど。

「いいの？」

「どんとこい」

「じゃあ」と言いながらベッドに仰向けになると、体の下でスプリングが跳ねる。

横を向くと、自分の腕を枕《まくら》にしてこっちを見ていた楓くんと目が合った。

予想以上の近さと、普段《ふだん》とはちがう体勢で目が合っていることに、やけにドキドキしてしまって。

小さい頃は、何度もふたりでお昼寝したことがあったけど、私たちの関係はあの頃とはちがう。

頬が急激にほてりそうになるのを自制しながら、気をそらすように話しかける。

「楓くん」

「ん？」

「今日、学校楽しかった？」

「いたってふつー。まぁ、黒瀬が寝ぼけて、国語科の荒井《あらい》ちゃんのこと母さんって呼んだのは笑えたけど」

「ははっ、黒瀬くん、相変わらずだなぁ」

「荒井ちゃん怒っちゃって、もう大騒ぎ。黒瀬は天然でやらかすからやばい」

楓くんはその時のことを思い出したのか、苦笑する。

楓くんの話の九割方は黒瀬くんのことで、こんなこと言ったら怒られちゃいそうだけど、黒瀬くんの話をしてる時の楓くんは目が優しい。

そして私は、そんな楓くんを見てるのが好き。

私の頬にかかった髪を、楓くんが人さし指でそっとよけながら、やわくおだやかに微笑んだ。

優しいまなざしが、目の前の私に注がれる。

「あー、なんかすげぇ付き合ってるって実感してる、今」

「うん、わかる」

微笑み返すと、ベッドの上に置いていた手に楓くんの手が重なった。

そして一本一本を包みこむように、指をからめられる。

大事にされてるって、そんななにげない動作からも感じる。楓くんが、感じさせてくれる。

「そーいえば」

不意に、楓くんが切り出した。

「うん」

「おまえ、いつまで楓くん呼びなの？」

「え？」

「付き合ったんだし、呼び捨てにしたら？」

呼び捨て、か。そんなこと、考えたことなかったな。

「うーん、私の中で楓くんって、〝楓くん〟なんだよね」

「なにそれ」

「くんがないと、すごく違和感がある。いつもかけてるメガネがなくて、そわそわする感じ」

すると、「例えがわかりづらすぎ」とあきれたように言う楓くん。

「俺は、呼び捨てされたかったりするけど」

ぽつりと、あまりにさりげなくつぶやかれた言葉に、一瞬遅れて反応する。

「え？」

だけど視線が交わる寸前で、楓くんが体を起こしてベッドから立ちあがった。

「なんか飲み物取ってくるわ」

楓くんがドアに向かう。

私も追うようにベッドから下りると、思わず引きとめるように楓くんのセーターの裾をつかんでいた。

「なに――」

「楓」

名前を呼んだのは、楓くんが振り返ったのとほぼ同時で。

驚いたように目を見開く楓くんとバチッと視線がぶつかると、気恥ずかしさが込みあげてくる。

「なんか、照れるね。やっぱりいつもかけてるメガネは、いきなりはずしちゃだめだ」

そう言って苦笑すると、楓くんが目を合わせまいとでもするように、片手を額にあてた。

「……あー、呼び捨てはやっぱやめろ。破壊力《はかいりょく》やばすぎるから」

そして。

「はぁ……。結局、黒瀬のアドバイスどおりかよ……」

くしゃっと前髪をつかみながら、楓くんがため息交じりになにかをつぶやく。〝黒瀬〟という単語だけが聞きとれた。

黒瀬くん？　なんのことだろう。

「ん？」と首をかしげると。

「十羽」

手を下ろしたことによって、あらわになる楓くんの瞳。

まっすぐにこちらを見つめてくる瞳に、心臓がざわついた。

「キス、したいんだけど」

「……っ」

予想外の言葉に、一気に体内の血液が沸騰《ふっとう》したみたいに体中が熱くなる。

「ほんとは十羽がなれてきてから、十羽のペースでって思ってた。だけど、もう結構余裕ない、俺」

熱っぽい瞳で言われ、心臓が騒いで静まらない。

「限界。もっと触れたい」

やっぱり、楓くんは私をドキドキさせる天才だと思う。

「キス、していい？」

とろけそうなほどに甘い声でささやかれて、落ちない女子なんてこの世にいるのかな。きっと、っていうか絶対いるはずがない。

私は下唇を噛みしめうつむき、そしてまた顔を上げた。

「して、ほしい」

断るほどの余裕なんて、私だって持ちあわせていなかった。

こうして隣にいる今、たくさん触れたい。触れてほしい。

「でも下手すぎて幻滅させちゃったら、ごめん」

恥ずかしくて苦笑しながら謝ると、不意に額を小突かれた。

見上げると、楓くんがこちらをにらむような瞳を向けていて。

え？ 怒ってる？

「あのなー、俺の片想い歴なめんなよ。おまえが俺のこと全然意識してない時から、バカみたいに十羽のこと想ってたんだからな。小五くらいん時、楓くんとお風呂入るっておまえがごねた時のこと、まだ根に持ってるからね。男としてすら見てなかっただろ、おまえ」

「そ、そうだったっけ？」

押さえこんでいたたがはずれたように、楓くんが過去の不満を吐き出してくる。

怒られてるはずなのに、まっすぐに想いをぶつけられて、いけないとは思いつつも心がくすぐったくなってしまう。

「とにかく。こっちは十年以上、我慢してんだよ。その俺が、今さら幻滅するとでも思う？」

「楓くん……」

真剣に私を見つめていた楓くんが、ふっと眉尻を下げて笑った。

「十羽しか、好きになったことねぇよ」

「……そのセリフは、ずるい」

顔を赤らめながら、見上げるようにそう言うと。

不意に楓くんが私の肩をつかみ、顔の角度を変えて顔を近づけてきた。

あっ――。

――パシッ。

思わず伸びていた手。

私の両手は、唇が触れる寸前で、楓くんの口をふさいでいた。

やってしまった～っ。

こわごわ手を離すと、案の定楓くんはキレる寸前の笑顔を浮かべていて。

「……ここまで来て焦らされなきゃいけないわけ？」

笑ってるのに、目が怖い……！

――だけど。

私は下唇を噛みしめると、楓くんの瞳をまっすぐに見つめた。

「ちゃんと、楓くんの顔見たくて」

楓くんがわずかに目を見開いた。

この瞬間を忘れたくない。しっかりと噛みしめたい。

すると、私の言葉を受けとってくれた楓くんが、そっと目もとの力をやわらげ、おだやかにささやいてくる。

「見えた？」

「うん」

た。

楓くんの瞳に私が映っている。私を見てくれている。

実感すると、鼻の奥がじんわりと痛んで、視界を占める楓くんの顔がふっとぼやけた。

「楓くん、好き」

「俺も」

ぽつりとこぼれた言葉を、楓くんが見過ごすことなく拾いあげて包みこんでくれる。

髪をかきわけるようにして後頭部に手がまわり、ゆっくりと引きよせられて。

そして——まつ毛が触れあったかと思うと、ついに唇が重なった。

初めての大好きな人とのキスは、とびきり甘いはずなのに、涙の味が邪魔をした。

君しか見えない

……綺麗な寝顔だなぁ。

目が閉じられていることによってさらに強調される長いまつ毛は、くるっと上向きになっていてかわいい。陶器みたいに白くて綺麗な肌も、お人形みたい。

でもやっぱり楓くんといえば、絵本から飛び出した王子様かな。

もう何度、目にしているかわからない幼なじみの顔を見つめ、相も変わらず惚れ惚れする。

私は、机にうつ伏せになるようにして眠る楓くんを、机の横にしゃがみこんで見つめていた。

こうしていると、顔の高さが同じだから、至近距離で見つめることができる。

寝ているのをいいことに、やわらかいミルクティー色の髪をそっとなでてみる。

いい夢見てるのかなぁ、そうだといいな。

と、その時。パチッと目が開かれ、長いまつ毛にふち取られた色素の薄い瞳が私の姿を映した。

「……十羽？」

「おはよう、楓くん」

「……待って。俺、爆睡《ばくすい》してた？」

「うん。寝顔はしっかり収めさせていただきました」

「うわ、やらかした」

私が立ちあがると、楓くんも上体を少し起こして椅子に寄りかかり、伸びをする。

そして、眠気が飛んだしっかり意志のある瞳で私を見上げた。

「つーか、おまえなんで学校にいんの？」

楓くんの言うとおり、ここは楓くんの高校。ついでにいうと、だれもいなくなった放課後の教室。

「先生に言ったら、入れてもらえたんだよ。いつもの時間になっても楓くん来ないから、心配になって、ついここまで来ちゃった」

「あー、悪い。日誌書いてたら、いつの間にか寝てたわ」

眠る楓くんの腕の下に日誌があったから、そうかなって思ってた。よかった、なにかあったわけじゃなくて。

「それにしても、おまえがここにいるの新鮮すぎる」

言いながら、楓くんが私の腕をつかんだ。

そして上目づかいでこちらを見上げ、ボリュームを抑えた声でつぶやく。

「……なんか、教室にふたりきりはやばい」

「やばい、ね」

「日誌、すぐに書き終えるから待ってて」

ささやくようにそう言われて、胸がきゅんと高鳴る。

「うん」

楓くんが日誌を書き始め、私もそれにならうように隣の机に座った。

「ねぇ、楓くん。書くものない？　私もなにか書きたい」

「ん？　あー、これとか？」

「お、ありがとー」

楓くんからボールペンとルーズリーフを受けとる。

少しの間なにを書くか考え、それからそこにサラサラとペンを走らせた。

隣同士の机に座ってふたりで書き物をしていると、なんだかクラスメートになったみたいな気がしてくる。

クラスメートだった頃の、微炭酸《びたんさん》みたいな記憶が胸の中で弾ける。

やがて書きたいことは書きつくし、文字を書きつらねたルーズリーフをたたんでいると。

「なに書いてたんだよ」

不意に甘い声が落ちてきて顔を上げれば、いつの間にか日誌を書き終えていた楓くんが私の座る机の前に立ち、机に手をついてこちらを見下ろしていた。

「ふふー、内緒《ないしょ》」

「超気になるんだけど」

「これは楓くんにあげる。ただし、あとで読んでね。今読んじゃだめだよ？」

楓くんにたたんだルーズリーフを渡す。今読まれるのは恥ずかしすぎるから、あとで読むように念を押して。

「なに、ラブレター？」

まじまじと、たたんだルーズリーフを見つめる楓くん。

「えー？　かもねっ」

もったいぶり、いたずらっ子みたいに笑う。

すると、ルーズリーフをポケットにしまった楓くんが、なぜか両手を広げた。

「十羽、おいで」

「え？　うん」

椅子から立ちあがり、言われたとおり楓くんのもとへ歩みよると。

「わっ……」

突然楓くんが私の体をひょいと抱きあげて、教卓《きょうたく》に座らせた。

私の方が目の高さが高くなり、楓くんが見上げるようにして口を開く。

「めちゃくちゃ抱きしめていい？」

「どうぞ」

少し照れながらも準備万端《ばんたん》であることを伝えるようにGOサインを出すと、楓くんが勢いよく私を抱きしめた。

「あー、会いたかった」

「……っ」

つぶやかれたまっすぐな言葉に、胸が高鳴り、頬の熱が上がる。

楓くんが私の体を抱きしめたまま顔だけ離し、少し怒ったように私を見つめてきた。

「昨日会ったのに、もう足りねーんだけど。どうしてくれんの」

「私も……。楓くんにずっと会いたかったよ」

「ん？　聞こえねー」

うそだ、絶対聞こえてた……！

楓くんが試すように口の端を上げて、顔をのぞきこんでくる。

「もう一回言えよ」

こんなに至近距離で見つめられて、拒むことができるはずもなく。

「楓くんに会いたかった！」

聞こえないとは言わせないくらい声を張りあげると、楓くんが満足そうに笑った。

「よく言えました」

コツン、と額と額が重ねられる。

伏し目がちに微笑む楓くんがすごく綺麗で、愛おしさが心の中からこぼれて。

あぁもう、だめだ。

「……あ、楓くん！　あっちにＵＦＯが！」

「は？」

瞬時に思いついたのは、典型的すぎるでまかせだった。

それでも、指をさした方向を楓くんが見た瞬間、首を伸ばして顔を寄せる。

そして、そっと、でもたしかに楓くんの額に口づけをした。

「え」

状況を理解できないというような楓くんの声が、宙に浮かんだ。

私は唇を離し、うつむく。

「……ごめん。楓くんが愛おしすぎて、つい……」

我慢、できませんでした。

顔のほてりを自覚しながら正直に白状すると、なぜか楓くんが寄りかかるように私の肩に額をのせた。

「楓くん？」

楓くんが吐きだしたため息が、首筋をなでる。

「ほんと、おまえってムカつくくらい的確に俺のスイッチ押してくるよね。そーゆーの、反則だってわかってんの？」

「え？」

聞き返すと、顔を上げた楓くんと目が合う。

熱を帯びた瞳が私を見つめていた。

「早く帰ろ。今すぐにでもキスしたい」

楓くんのすべてに吸いこまれて、とりこになって。

「うん」

その瞳の熱に、私は浮かされる。


——ガチャン。

楓くんが後ろ手でドアを閉める音が、玄関に響く。

楓くんの家に着いたとたん、キスが落ちてきた。

よろけそうになって楓くんの腕を握ると、腰に手がまわって支えられる。

玄関から上がることも忘れて、唇を重ねあう。

「十羽」

「ん……」

「超かわいい」

眼前の楓くんがふっと妖《あや》しく微笑んだかと思うと、再びキスが落ちてくる。

息があがってきた。そろそろ限界……。

「ちょっと、待、って」

「やだ、待たない。口、開けて」

とろけるような甘い声でささやかれ、ドクンと心臓が揺れた時。

突然、すべてをふきとばすかのように、静かな部屋にチャイムの音が鳴りひびいた。

「宅配便でーす」

続けて聞こえてきた声に、私と楓くんは顔を合わせて思わず固まる。

「やばい……っ」

私たちがいるのは玄関。そして、ドア一枚をはさんだ向こう側には、宅配業者の人がいる。

「ったく、こんな時に」

不満そうにドアの向こうを見た楓くんは、「はーい」と宅配業者さんに返事をしてから、私に視線を落とした。

「家に上がってちょっと待ってて。済んだら、また続きな」

そう言って、軽く額にキスをする楓くん。

「……っ」

突然の来訪より、楓くんの方がよっぽど心臓に悪い。

楓くんがドアに手をかけたので、顔の熱が冷めやらないまま、言われたとおりにリビングに上がる。

そこで窓の外が暗くなっていることに気づいた私は、カーテンを閉めようとした
――けれど、カーテンを持った手がはたと止まる。

高揚していた気持ちが、一瞬にして無色で無機質なものになっていくような感覚を覚える。

やがて、言いようのない虚無感《きょむかん》が心を覆《おお》っていき、私はぎゅっとカーテンを握りしめた。

汚《よご》れの見えない綺麗な窓ガラス。

そこに映るのは、反射した楓くんの家のリビングだけ。

――私の姿は、どこにもない。

居心地がよすぎて、ふと、忘れそうになる。現実を。

……楓くんには言えない。

私は、もう死んでるんだってこと。

それから、今の私の姿は、〝君しか見えない〟ってことも。

第三章

もうひとつの物語

——それは、楓くんとの再会を果たす一日前のこと。


足もとに、ぴくりとも動かない私の体が倒れている。

私はそれを、ただぼうぜんと見下ろしている。

『おい、人が倒れてるぞ！』

足もとに倒れている私に向かって駆けよってくる人々は、だれも私に気づかない。

やがてどこからか、救急車のサイレンが聞こえてきた。

目の前で繰り広げられる光景に、ああ、私は死んで幽霊《ゆうれい》になったのだ、と混乱した頭で静かにさとった。


『楓〜！　今日もイケメンすぎる』

『はは、ありがと。リナさんこそ今日も美人だね』

『ちょっと、かーくん！　明日こそ、私と遊んでよね！』

『ごめんねーサキちゃん、先約入っちゃってて。でも明日はちゃんと空けとくから。俺んちでいーよね？』

……あれ。なんだ、楓くん楽しそう。

窓の外から身を隠すようにして教室の中をのぞいた私は、口をへの字に曲げた。

身を隠しているのは、人から見えていないとはいえ、この状況になれず、なんとなく堂々と学校の中に入るのがはばかられるからだ。

――私は、つい数時間前、死んだ。とても信じられないことだけど。

倒れている自分を見下ろしていたと思ったら、ふっと意識が飛び、次に気づいた時には、楓くんの学校の校門前にいた。

すると、ちょうど登校してきた楓くんを見つけた。

それはまるで導かれたかのような、すごいタイミングだった。

幽霊になってしまったのは、もうどうしようもない。

とりあえず、今はできることをやろうと考え、こっそりあとをついてきたというわけで。

それにしても、楓くんの変貌ぶりにはショックを隠しきれない。

楓くんのまわりにはいつだって、かわいくて美人な女の子たちの包囲網《ほういもう》ができている。

……あんなに楽しそうにしてるのなら、私のことなんて、もうとっくに忘れてるんだろうな。

あんなにずっと一緒にいた楓くんが、今は赤の他人になってしまったかのように遠い。

はぁ、と思わずため息をついた時。ふと、女の子たちと話していた楓くんが視線を上げ、こちらを見た。

ビクンと心臓が跳ね、思わずしゃがんで壁に身をひそめる。

『どしたの？ 楓』

『あーいや、なんか窓の外にだれかいた気がしたんだよね』

『えー？ あんなとこに人いるわけないよぉ。見まちがいじゃない？』

『かもね。俺疲れてんのかも』

『えー、じゃあマイが癒《いや》してあげる！』

『お、ラッキー』

楓くんと女の子の話し声を聞きながら、私はある疑念をいだいた。

……もしかして、楓くん、私のこと見えてる？

だって今、私のまわりには人はいないし、だれかとまちがえたわけがない。

それに一瞬だけど、窓枠からのぞかせた目が、楓くんのそれとたしかに合った。

ほかの人には見えてないのに、楓くんには私の姿が見えてるとしたら、なぜ？

疑問ばかりが浮《う》かぶものの、確認のしようがないまま放課後になった。

昼間先約があると女の子と言っていたのに、なぜか自宅に直帰する楓くん。

そのあとをこっそりついていき、一階にある楓くんの部屋を窓の外からのぞくと、少し経って楓くんが自室に入ってきた。

そして電気もつけず、窓際のベッドへ背中から倒れるようにその身を投げる。

額に腕をあて目を閉じていた楓くんは、そのまま寝てしまったらしい。

その寝顔を窓の外から見つめながらふと、気づく。

楓くん……ひとりだ。

——無性に、楓くんに近づきたくなった。

鍵が開いていたから、そっと窓から部屋の中へ侵入を試みる。

『失礼しまーす』

小さな声で一応ちゃんとあいさつはして。

昔、おたがいの両親には内緒で、よくこの窓から楓くんの部屋に遊びに来ていたから、簡単に入ることができた。

久しぶりに訪れた楓くんの部屋は、全然変わっていなかった。三年前までと同様に、無駄なものがなくて片づいている。

ベッドに歩みより、そっと楓くんの顔を見下ろす。

目もとは腕に阻《はば》まれているものの、端正な顔立ちが、窓からさしこむ月明かりによって輪郭をなぞられるように際立っている。

綺麗だなぁと見とれていると、ふと、月の光に照らされて楓くんの頬でなにかが光ったことに気づいた。

キラリと光ったもの——それは、涙だった。

楓くん、泣いてる……？　どうして……？

涙をぬぐってやりたくて、つい手を伸ばした、その時。

『十羽……』

不意に、楓くんが私の名を呼んだ。

ハッと、伸ばしかけていた手の動きが止まる。

そして。

『——よ……会いてぇよ……。いつ戻ってくるんだよ……』

まるで頬を伝う涙の粒のように、楓くんが寝言をこぼした。

『……っ』

思わず声がつまる。

鼓動が騒がしくなり、胸が締めつけられて、一瞬呼吸の仕方を忘れた。

『楓、くっ』

あえぐように声がもれる。

と、その時、視界の端でなにかがキラッと光って、そちらに視線をさまよわせると、楓くんの机の上に置いてあった写真たてを見つけた。

存在を知らせるように、月明かりに反射している写真たて。

そこに飾られている写真に気づいた私は、思わず口を手で押さえた。

それは、中学校の入学式の時、校門の前で撮った私と楓くんの写真だった。

新品の制服に身を包み、満面の笑みで並んでいる私と楓くん。

……ああ、ようやくわかった。

楓くんは、私を待ってくれていたんだ。忘れてなんて、いなかった。

なんで気づかなかったんだろう。思い返してみれば、学校での楓くん、全然笑えてなかったのに。

――ずっと、楓くんの心は独りだったんだ。

楓くんは、ああいう形でお母さんと別離《べつり》してしまったのに、そのことを知っている私までもが、同じ方法で楓くんを傷つけてしまった。さよならも言わずに姿を消して、楓くんの心をがんじがらめにして。

楓くんにだけ私の姿が見える。触れることも、触れられることもできる。

それはきっと、楓くんに対して心残りがあるからだ。楓くんに会うことはおろか、また『さよなら』を言えなかったから。

『ん……』

不意に楓くんが腕を動かし、目もとがあらわになる。

まつ毛を濡らして眠る楓くんの顔を見つめていた私は、気づけば涙をこぼしていた。

必死に考えないように抑えていた、死という現実が、負の感情の波となって押しよせてくる。

私は……死んでしまった。

幽霊に、なってしまった。

『そばにいる』という約束を、私はまた破ってしまった。

『ごめんね、ごめん、楓くん……』

もしも楓くんにだけは私の姿が見えるなら、もう一度会いに行きたい。

こんな体になってしまったからこそ、言わなくてはいけないことがある。

楓くんがもう一度笑えるように、〝さよなら〟を。もう待ってなくていいんだよって、伝えなきゃ。

私の涙が、ぽつりと楓くんの頬に落ちた。

それは楓くんの涙に見えた。

そして、翌日。

私は高校から楓くんの家の途中にあるバス停で、楓くんを待った。

街へつながる道はひとつしかないから、必ずここを通ることはわかっていた。

数十分ほど待った頃、楓くんが姿を現した。

耳にイヤホンをさし、スマホをいじりながらこちらへ歩いてくる楓くん。

その視線をスマホに注いだまま、私の横を通り過ぎていく。

……やっぱり、気づいてもらえなかったか。昨日は目が合ったと思ったけど、勘ちがいだったのかもしれない。

——だけど。

『楓くん！』

ほんのわずかな可能性にかけて、背中に向かって大声で呼びかけた。

と、その時。彼がふと立ちどまった。

イヤホンを耳からはずしながら、こちらを振り返り。

そして、私の姿を認めたその目が驚いたように見開かれた。

『……十羽？』

私の名前を呼ぶ、あの声。

思わず泣きそうになる。

目の奥がジリジリ痛んで、視界がぼやけて。

だけど私は今にもあふれそうな涙をこらえて、精いっぱい明るくこしらえた笑みを浮かべた。


私は再び、君の瞳に映ることができた。

ひとつ願いがかなうなら

「……ん……れ……」

また、どこからかあの声が聞こえてきた。

聞こえてくる時間は日によってちがう。でもたぶん同じ人の声。

なにか、私に伝えようとしているのかもしれないけど、はっきりなにを言っているかは聞きとれない。

そんな不明瞭な声と同じく、私の存在も不明瞭だ。

どのくらい時間があるのかわからない。実体を持たないこの体が、いつ消えてしまうのかわからない。

ただひとつたしかなのは、生きている楓くんとは異なる存在だということ。

だから私は、早くお別れを言わなくてはならない。

私には、楓くんの気配を察知する能力かなにかが備わっているんじゃないかと思う。

楓くんのことを待っていて、なんとなく顔を上げると、遠くから歩いてくる楓くんを見つけるということがしばしばだ。

今日もそう。バス待合所の長椅子に座り、なにげなく顔を上げた私は、数メートル先からこちらへ歩いてくる楓くんの姿を見つけた。

自然とほころんでしまうこの頬は、もうどうしようもない。

やがてこっちまで歩いてきた楓くんが、ポケットに手を突っこんだまま、軽く言う。

「よう」

「よう」

おどけた調子で返すと、楓くんが「なんだよ、それ」と白い歯を見せて笑みをこぼした。

「ちょっと行きたいとこあるんだけど、付き合ってくれる？」

楓くんの問いかけに、私は笑顔でうなずく。

「もちろん」

どこにだって付き合いますとも。そうしたくて、君のもとに帰ってきたんだから。

「それで、どこ行くんですか？　三好さん」

「神社ですよ、大園さん」

「え？　神社？」

楓くんぽくないチョイスに、ちょっと驚いてしまう。

するとそんな驚きを感じとったのか、楓くんが説明を加えた。

「テレビで見たんだけど、そこの絵馬に願いを書くとかなうって今話題になってる神社らしくて」

「へぇ〜。楓くん、願いごとがあるんだ」

「まあね」

楓くんに神頼みするようなことがあるのも、意外だ。

万能な楓くんなら、自力でなんでもかなえられちゃうようなイメージがあるから。

さりげない会話を交わしながら楓くんについて歩くこと、十数分。私たちは、山のふもとにある神社にたどりついた。

長い石段を上り、境内《けいだい》に足を踏みいれる。

思ったよりも小さくてこじんまりした神社だった。

幸運なことに、ほかの参拝客はいない。ここなら、楓くんに気兼ねなく話しかけることができる。

お参りをしたところで、楓くんがなにかに気づいたように声をあげた。

「あれじゃね？」

「うん、ぽい」

楓くんが見つけたのは、社務所の前に設置された台に置かれている絵馬だった。ペンも常備されていて、この台で絵馬を書く仕組みのようだ。

「この神社の絵馬はここにかけていってもいいし、お守り代わりに持っててもいいんだって」

「なるほど」

「十羽もなにか書く？」

「うんっ」

ふたりぶんの料金を箱に入れ、私たちは絵馬を手に取ると、台に置かれていたペンで願いごとを書きこむ。

私の願いはたったひとつ。

『大切な人たちが、みんな幸せでいられますように』

お願いします、神様。これからもずっと両親を、千隼を、そして楓くんを見守っていてください。

私は絵馬を持って帰ることができないから、絵馬掛所《かけしょ》にかけることにした。

ひもを縛り、「よしできた」と言ったところで、楓くんがペンのふたを閉じた。

「俺もできた」

「楓くんはかけていく？」

「いや、俺はいい。これ、持っていってやりたいやつがいるから」

「ねぇねぇ、なに書いたの？」

「内緒」

「え～、気になる……！」

「願いがかなったらな」

なにか含みを持たせるような笑みを浮かべた楓くんは、絵馬に視線を落として、おだやかに微笑んだ。

そのまなざしを見ているだけでわかる。きっと、大事な願いごとなんだろう。

楓くんの願いがかないますように。

私は追加で、神様にそっと願った。


神社の階段を下りると、楓くんが私に向きあった。

「悪いんだけど、これから行くところあるから、今日はここでお別れな」

「うん」

楓くんを見上げて微笑む。すると、楓くんがこちらに歩みより、距離をつめた。冷たい風にのって、楓くんの甘い香りが鼻をくすぐる。

「ちゃんと、あったかくしてろよ」

そう言いながら、私のマフラーを直してくれる楓くん。

「ふふ、ありがと。楓くんって、お母さんみたいだよねぇ」

「おい。だれがお母さんだよ、こら」

「なんだかんだ言いながら、面倒見いいし」

「おまえが世話やけんの」

やがて私のマフラーを巻きなおし終えると、楓くんが一歩後ろへ下がった。

「また明日な」

「うん、また明日」

いつものように『また明日』を言いあって、別れる。

そして楓くんに背を向け、歩き出した、その時。

「──待った」

突然、後ろからぐっと手を引かれた。

「え……」

そう声を発した次の瞬間、体ごと引きよせられる。

そして、くいと顎を上げられたかと思うと、唇が重なった。

いろいろと処理しきれないうちに降ってきたキスに、私はまばたきすら忘れて楓くんを見つめる。

「楓く――」

「忘れ物。今日してなかったから」

「……っ」

甘い声で耳もとでささやかれ、私の心はもう爆発寸前。

……ずるい。

付き合って初めて知ったけど、楓くんって、キス魔だ。

「じゃあな」

体を離すと、端正な笑みを浮かべて、ぽんぽんと私の頭をたたく楓くん。

また離れていくその姿を見つめる。

再会してから、何度も見つめている後ろ姿。

見送っていると、決まってもの悲しい感傷的な気持ちになる。

――ああ。嫌だなぁ、あの笑顔を見られなくなるのは。

楓くんの隣は、幸せで居心地がよすぎるから、つい離れがたくなってしまう。

あと何度、私は『また明日』を言えるのだろう。

好きだから

十羽と付き合い始め、八日が経った頃。

「かーえでっ」

登校し、教室への廊下を歩いている途中で、不意にどこからか名前を呼ばれた。声がした方を振り向いた俺は、そこに立っていた同じ学年の女子の姿を認めた。

「あ、久しぶり。リリナちゃん」

〝学年の姫《ひめ》〟と一部の男子から呼ばれているリリナちゃんとは、俺も何度か遊んだことがあった。

リリナちゃんは完璧な笑みでニコッと笑うと、いかにも女子って足取りでこちらへ駆けてきて、あっという間に距離をつめた。

そして俺より頭二個ぶんくらい小さい彼女は、上目づかいで俺を見上げてくる。

「ねぇねぇ楓、来週の月曜暇？」

「んー、なんで？」

「遊ぼうよ、久しぶりに。最近遊んでないじゃん？」

「……あー」

下から見つめてくるリリナちゃんから視線をななめ上へそらすようにして、苦笑いを浮かべる。

「そーゆーのやめたんだよね、俺」

「え？」

「だから、悪いけどパス。ほかをあたってくれるかな」

やんわり断ると、あろうことかリリナちゃんが腕に抱きついてきた。

……出た。リリナちゃんお得意のボディータッチ。まぁ、これはだれがどう見ても、ボディータッチの域を超えてるけど。

リリナちゃんはぷうと頬を膨らませて、怒ったような表情を作る。

「そういうのって、女の子と遊ぶこと？　最近楓が付き合い悪いって、みんな言ってるよ。もしかして彼女できたの？」

否定する理由もとくになかったから、俺は正直に答えた。

「そー。彼女できた」

「え？　でもいつもの遊びでしょ？　楓にしては、期間長いね」

「ちがうよ、遊びじゃない。俺が告った」

「え？」

「あいつじゃなきゃ、俺がだめなんだよね」

ピシャリと、リリナちゃんの言葉を否定する。

十数年越しの片想い。だれになんと言われようと、俺は本気。

「だからごめんね、腕離してくれる？　それ、彼女のものだから」

自分の腕を視線で示しながら、できるだけおだやかな口調で言う。

だけど、リリナちゃんの力は弱まらなかった。

それどこか……力、強くなってんだけど。

「やだ」

「は？」

予想外の拒否の言葉に面食らって、思わず苦笑いを浮かべたまま表情筋が固まる。

いや、やだもなにも、俺が付き合ってるのは事実なんだけど……。

「彼女いたっていいじゃん。遊ぼ？　私と遊んだ方が、絶対楽しいもん。それが嫌なら彼女に会わせて？」

なに言ってんだよ、こいつ……。こういう、自分に絶対的な自信持ってるやつが一番面倒なんだよなー。

心の中で大きくため息をついて、冷ややかな視線を向ける。

「一応聞くけど、会ったとしたらどうするわけ？」

「私が認めるような子なら、楓のことあきらめてあげる」

「あいつになにか危害与《あた》えるつもりなら、女でも許さないけど」

「そんなことしない！　うそつかないっていうのは、私の信条なの！　ママから教えてもらったんだから」

「はいはい」

あんたの信条とか、今は心底どうでもいいです。

面倒な状況に置かれた俺は、思わず毒づく。

……でもまぁ、こうなったのも自業自得か。あんなに遊びまくってたし。

過去の自分がうらめしい。

でも今の俺は、ほかの女子と遊ぶような中途半端《ちゅうとはんぱ》な気持ちで十羽と付き合ってない。

かといって、十羽をリリナちゃんに会わせるってわけにもいかねぇし……。

「……わかった。考えてみるから」

「絶対だよっ！」

念を押すようにさらに強く腕に抱きつかれる。

考えてみるとは言ったけど、あきらめてもらうしかない。

長期戦になりそうな予感に、俺は愛想笑いを浮かべながらも、心の中で大きくため息をついた。

＊＊＊

「でね、その時、千隼なんて言ったと思う？　僕《ぼく》は十羽みたいに寒さに弱くないから、このマフラー貸してあげるって言ったの。まったく、ツンデレだよねぇ」

「ああ、うん、ツンデレだよね、千隼くん」

……むむ。楓くんの様子が、なんかおかしい。

帰り道を一緒に歩きながら会話を交わしていても、なんとなく上の空って感じで。

本人は普段どおりを装っているけど、私にはわかる。なにかあったにちがいない。

「ねぇ、楓くん」

「ん？」

なにがあったのかと聞こうと口を開きかけたその時、ふたりきりの空間に横やりを入れるように、スマホの着信音が鳴った。

ズボンのポケットからスマホを取り出し、ディスプレイに視線を走らせた楓くんが、はぁ、とため息をついた。

メッセージの着信だろうか。あまりいい連絡ではなかったことが、ひと目でわかった。

「なんだか浮かない顔してるねぇ。なにかあった？」

できるだけ軽いトーンで聞くと、楓くんは「あー、いや、うん」と言いづらそうにしてから、ため息交じりに口を割った。

「今日ちょっと、女の子に言いよられたんだよね。で、どうやって断ろうか考えてたんだけど、その子から合コン行こうって連絡来て」

「合コン……」

口にしながら、合コンという響きに、なんとも言いがたい生々しさを感じた。

楓くんの交友関係はこれから無限に広がっていくものだということを思いしらされたような、そんな感覚。

楓くんには楓くんの未来があって。

……そうだ。それを、未来がない私が邪魔なんてしちゃいけないんだった。

「彼女がいるのに、行くかっつの」

あきれたようにつぶやいて、制服のズボンのポケットにスマホをしまおうとする楓くん。

まるでそれは、楓くんの未来の可能性がひとつ閉ざされる行為のように思えて。

その手を止めるように、私は声をあげていた。

「行ってきたらいいんじゃないかな、合コン。せっかく誘われたんだし」

私の提案に「は？」と、困惑《こんわく》したつぶやきだけが返ってくる。

私は笑顔のまま楓くんを見上げた。

「楓くんみたいなイケメンがいたら、絶対盛りあがるよ」

ああ、たぶん私すごく笑顔が下手だ。

好きだから。だからこそ楓くんが幸せになれる道を最優先して——。

「それ、本気で言ってんの？」

静かに問いかけてくる楓くんの声が、固い。

楓くんの顔を見ていられなくて、私は目を伏せた。

「……ごめん」

謝罪の言葉は、つまり肯定を意味する。わかっているのに、そう返すことしかできない自分がはがゆくて。

楓くんの顔を直視できず、ぐっとうつむいていた、その時だった。

「おまえ、よくわかってんなー。そうなんだよ。合コン行くと、俺モテすぎて独壇《どくだん》場《じょう》になっちゃうんだよねー」

ほんの少しのタイムラグのあと、無理やり持ちあげられたテンションの声が頭上から聞こえてきた。

予想外の反応に、私は思わず顔を上げる。

「え？」

「だから断っとくわ。うん、そうしよそうしよ。それがいいわ。ごめんなー、せっかく行けって言ってくれたのに」

楓くんはあっけらかんと笑いながら、口をはさませる隙など作らないようにつらつらと言葉を並べ、話を完結させた。

悪くなった空気を取りつくろい、私の言葉をはぐらかそうとするみたいに。

そして。

「つーことで、用思い出したから、先帰んね、俺」

まるで、この話を一刻も早く終わりにしたいとでも言うように——でも本人はいたって軽いトーンで、別れを切り出した。

そして、私と目を合わせないまま、踵を返す楓くん。

——その瞬間、ちらりと見えてしまった。楓くんの、本当の表情が。

ぐっと目の下に力を入れて、ほんの少し笑みの名残がある口を引き結び、感情をこらえて。

それは、まぎれもなく傷ついた表情だった。

私が楓くんに、あんな顔をさせた——。

ズキンと胸が痛んで、たまらなくて。

「……楓くん……っ」

思わず、答えもわからないまま後ろから腕をつかんでいた。

楓くんが立ちどまる。

ふたりの間に、半透明の濁った静寂が訪れる。

その静寂を破ったのは、楓くんだった。

こちらに背を向けたまま、ぽつりと低いトーンでつぶやく。

「おまえさ、ムリして俺と付き合ってんの？」

「……っ」

そんなこと言われるなんて、思わなかった。

思わず言葉を失い、腕をつかむ力がゆるんだ。

楓くんはそんな私の腕を振りはらうようにして、再び歩きだす。

私はぼうぜんと立ちつくし、追いかけることすらできなかった。

楓くんの言葉が、重く心にのしかかる。あんなことを思わせてしまっていたなんて
……。

本音を言ってしまえば、合コンには行ってほしくない。

だけど、それは私のわがままだから――。そう思って本心を押しこめたのに、私のしたことは正しかったのだろうか。

結局、楓くんを傷つけることしかしていない。

……何度、生きていたらと思っただろう。
だって、普通の彼女なら簡単にできることが、私にはできない。
もしも私が普通の彼女だったら、楓くんを傷つけることなんて絶対しなかったのに。

「また明日」

……あー、最悪。うん、やっちゃったよね、あれは。

何度目かわからないため息をつきながら、ファミレスのソファの背もたれによりかかり、宙を仰いだ。

――昨日、十羽とケンカした。まぁ、ケンカというほど大層なもんでもないんだけど。

俺はただ、『行かないで』って言ってほしかった。やいてもらえないことに対して、感情をこじらせた。

あのあと、帰宅したとたん正気を取りもどし、それ以来自己嫌悪にさいなまれてる。

一日経った今でも、十羽の表情が頭から離れない。

『……楓くん……っ』

俺の腕をつかんで引きとめようとした十羽は、すがりつくように俺を見ていた。張りさけそうな気持ちが伝わってくるような表情で。

でも、俺には十羽を気にかけてやれる余裕なんてなかった。

『おまえさ、ムリして俺と付き合ってんの？』

腹の底にたまった黒い感情をぶつけ、俺はあいつの腕を振りはらってしまった。

「だせーな、俺……」

余裕が、ない。

俺は、何事に対しても一歩引いたところから冷めた目で客観視してるような、そんなやつだった。

それが、十羽を前にするととたんに余裕がなくなる。

で、結局あのザマ。……ガキかよ。

なんとなく顔を合わせるのも気まずくて、俺は黒瀬に誘われるまま、こうして放課後にファミレスへとやってきた。

再びため息をついたところで、ドリンクバーを取りに行っていた黒瀬が席に戻ってくる。

「三好が大好きなカフェオレあったから、持ってきたぞ！」

「おー、さんきゅ」

俺の前に、カフェオレをなみなみ注いだグラスが置かれる。

「まぁさ、これでも飲んで、元気出せって」

「元気、ねぇ」

……あいつ、今なにしてんだろ。

するとコーラが入ったグラスを握りしめていた黒瀬がまじまじと俺を見つめてきた。

「でもめずらしいよな、三好が感情的になるなんて。争いごとは、のらりくらり避けてきたじゃん」

「あー、うん。自分でも、あんなに感情抑えられなくなったのが信じらんねーんだよね」

全体重をかけるように頬づえをつき、遠い目で昨日を振り返る。

すると、黒瀬がなんてことないってくらい自然にぽんと答えをくれた。

「そんだけ、十羽ちゃんのことが好きなんだな」

「え？」

「心に余裕がなくなるっていうのはさ、十羽ちゃんのこと本気で好きだからだろ。いっつも余裕で完全無欠な三好が人間らしさを取りもどしたみたいで、実は俺うれしかったりする」

思わず言葉をつまらせる俺に、ニッと白い歯を見せて笑う黒瀬。

そして、しんみりとした空気を壊《こわ》すように、わざと明るい調子でメニューを開く。

「もう八時だし、そろそろ腹減ってきたな～。腹ペコペコだよ、俺～！　三好もなにか食おうぜ。腹が減っては決闘もできないし！」

「戦《いくさ》な」

「あれ、決闘じゃないんだっけ」

「ヤンキーかよ」

そんなことを言いあいながら、黒瀬が開いたメニューをのぞこうと動いた時、カサ、とズボンのポケットの中でなにかが音を立てた。

「ん……？」

音がした方のポケットに手を入れ、中をさぐる。

すると、たたまれた紙が出てきた。

すぐに、学校に十羽が来た時に、あいつが渡してきたルーズリーフだと思いつく。

あとで読んでと言われ、そのままにしてたんだった。

丁寧《ていねい》にたたまれたルーズリーフを開いてみる。

するとそこには、見なれた十羽の字が並んでいた。


楓くんの好きなとこ！
・優しい。でもその優しさを見せびらかさない
・かっこいい。まちがいなく世界一！

・困ってる人は絶対放っておかない
・実は照れ屋。かわいい！
・私のハヤシライスをおいしいって言ってくれる。友達とご飯を食べてきたあとも、
絶対残さないで食べてくれる
・歩く時、歩幅を合わせてくれる
・すごく真面目！　授業をサボったことないよね
礼儀《れいぎ》とマナーをしっかり守る
・頭がよくて、運動神経抜群！
・友達と家族を大切にする
・いつだってまわりがよく見えてる。だれにも言わず、学校のゴミの分別してたの
知ってるよ
・どこにいても聞きわけられる声
・いくら書いても、やっぱり書きたりないところ

「……はー」

「ん？　どうした？」

突然ルーズリーフを持った手をがくんと落とし、ため息をついた俺に、ポテトを食

べていた黒瀬が反応する。

俺は額を押さえた。

黒瀬の声も、店内のにぎやかな声も遠くなる。

「俺、バカすぎ……」

『おまえさ、ムリして俺と付き合ってんの？』

昨日、十羽に投げつけた自分の言葉がよみがえる。

あいつはこんなに俺を見てくれていたのに、俺はそのことに気づかず、とんでもないこと言った。

ちゃんと見えてなかったのは、俺の方じゃん——。

もう、いても立ってもいられなかった。

「……悪い、黒瀬。俺行くわ」

財布から抜きとった千円札をテーブルに置いて、席を立つ。

「埋め合わせは、あとでさせて」

「おう、行け行け三好っ！」

途中で席を立ったにもかかわらず、返ってきたのはうれしそうな声だった。

ウェイトレスとぶつかりそうになりながらも、ファミレスを駆け出る。

あいつがどこにいるか、わからない。だけど今すぐ会いたくて。

すっかり暗くなった街中を駆ける。

知り合いにすれちがって何度か声をかけられたけど、立ちどまってはいられなかった。

無意識のうちに足が向かっていたのは、いつも待ち合わせをしているバス待合所だった。


街中を抜けると、あたりの景色から光と色が消えていく。

やがてバス待合所の数メートル近くまで来た俺は、走っていた足を止めた。

いるはずない、そう思いながらも、その姿を見つけたとたん、ああやっぱりと思った。


「……十羽」

待合所の前に十羽が立っていた。

こちらに背を向けるようにして夜空を見上げていた十羽が、声が届いたのかこちらを振り返る。

「楓くん……」

「どうしてここにいるんだよ」

静かに問いかければ、十羽が消えそうな微笑みをそっと浮かべた。

「ここにいたら、楓くんに会えると思って」

ばかだな、十羽は。もう八時だろ。いつからここで待ってたんだよ。

十羽の姿を見たら、いろんなものが込みあげてきて。

俺はなにも言わず歩みよると、腕をつかんで十羽の体を抱きしめた。

すると、十羽も俺の背中に手をまわしてくる。

「楓くん……。ごめん、なにもやってあげられない彼女で」

消え入りそうな、うるんだ声で謝る十羽。

「好きだよ、楓くん」

「知ってる。俺こそ余裕なくてごめん」

十羽が腕の中で、ふるふると首を横に振る。

「見つけてくれて、ありがとう」

俺は十羽の頭をなでながら、耳もとに口を寄せた。

「帰ろ、一緒に」

「うん」


ひとけのない田舎道をふたりで歩きながら、俺はぽつりとつぶやく。

「幸せにしてやるって言ったのに、全然十羽のこと幸せにしてやれてねぇな」

後悔がにじんだ声は、白いもやとなって夜空に吸いこまれていく。

するど十羽が前を向いて歩きながら、首を横に振った。

「ううん。幸せだよ」

自分の言葉に確信を持たせるかのように、つないだ俺の手を握る力を強める。

「世界で一番、ううん、宇宙で一番幸せ。だって、大好きな楓くんの彼女になれたんだから」

そしてこちらを見て、目を細めて微笑んだ。

「楓くんが、私に抱えきれないくらいの幸せをくれてるんだよ」

噛みしめるように優しく紡がれた一文字一文字が、暗闇《くらやみ》に溶《と》けることなく俺の胸に届く。

そして再び前を向いた十羽が、不意に先ほどまでとは打って変わって弾んだ声をあげた。

「あっ、見て、楓くん!　シリウスだ」

俺にも教えるように、シリウスがある方を指さす。

いつだって、うれしいことがあると俺に分けようとする十羽。

いつだっておまえは、自分のことよりも俺のことばっかりで……。

気づけば——俺はその体を後ろから抱きしめていた。

「えっ、楓くん？」

腕の中で十羽が驚いたのがわかった。

だけど、それにかまわず耳もとで口を開くと、息を吸い、そして。

「だれより心が綺麗で尊敬するし、俺に見せるくしゃっとした笑顔まじでかわいいし、その目で見つめられるとたまんねぇし、白い肌ぐっとくるし、仕草とか言動がもうめちゃくちゃツボだし、意外とギャグ線高くてノリいいし、波長合うから一緒にいてすげぇ楽だし、芯が強いとこもかっこいいし、ハヤシライスがうまいし、なのに不器用とか庇護欲《ひごよく》かきたてられるし、字が綺麗で礼儀正しいし、ちょっと低めの声が心地よくてくせになる」

ためにためこんだ思いのたけをぶつけるように、マシンガンのように言葉を放つ。

「えっ？」

「十羽の、好きなとこ。まだまだあるけど、ほしい？」

後ろから抱きしめたままさらっと言ってのけると、十羽がハッと我に返ってあわてだしたのが伝わってきた。

「ま、待って、今ね、言葉が見つからないくらい照れてる。あのルーズリーフ……読んでくれたんだ」

「そりゃもうばっちり。暗唱できるくらいには、響いた」

するど「あ〜」と両手で顔を覆い、恥ずかしがる十羽。

「私……愛されてますね」

「ぶっちゃけめちゃくちゃ愛してます」

平坦《へいたん》に、でもドヤッと言いきる。

すると十羽が、自分の体の前にまわされた俺の腕にそっと手を添えた。そして、静かにそっと口を開く。心の中のものを、一つひとつ言葉にするように。

「私ね、楓くんが幼なじみじゃなかったとしても好きになってたと思う。どんなにたくさんの男子がいても、楓くんを見つけだして、恋に落ちてたよ」

「俺も」

腕をゆるめると、十羽が振り返り俺を見上げた。

その瞳には、切実な光が灯っていた。

「……楓くん。明日も、会ってくれる？」

ばーか。いきなりなに言ってんだよ。

「明日も会いたいに決まってんじゃん」

すると、鼻と瞳をほんのり赤く染めて、十羽が泣きそうな顔で笑った。

「ありがとう」

「ふっ、大げさ。明日はなにする？」

「私がプラン立ててもいいかな」

「いーよ。十羽に任せる」

「じゃあ、三時、いつものところに集合ね」

「了解《りょうかい》」

そして歩き始めて数十分後、十羽の家まで続く細い路地の前まで来た。

手を離し、いつもの言葉を口にする。

「じゃあ、また明日な」

てっきり笑顔が返ってくると思ったのに、予想に反して十羽はうつむいた。

「十羽？」

なんとなく異変を感じて、首を傾け十羽の顔をのぞきこもうとする。

次の瞬間。腕をぎゅっとつかまれたかと思うと、背伸びをした十羽の唇が、俺のそれに重ねられていた。

不意打ちすぎて、軽く思考が停止する。

キスは、そっと触れるだけの一瞬で。

踵《かかと》を下ろすと同時に十羽がうつむく。

「――なんで泣いてんだよ」

我に返って真っ先に口から出たのは、それだった。

十羽が、泣いていた。

俺の指摘に十羽はぎゅっと下唇を噛みしめ、そして目を伏せたまま口を開く。

「楓くんのことが、好きだからだよ」

口角を上げ、明るくトーンを上げているその声は、涙に濡れていた。

「ほんとに、ずるいんだもんなぁ、楓くんは」

すねたように笑んで、鼻をすする十羽。

「涙腺ゆるすぎ。泣き虫十羽ちゃん」

からかうように苦笑しながら、涙が伝う白い頬を両手でぬぐってやる。

少しでも外から刺激《しげき》を与えれば、ぼろぼろと涙の粒がこぼれそうなほど、厚い涙の層が瞳を覆っていて。

すると、ふと声のトーンを落として十羽がつぶやくように言った。

「ごめん、少しでいいから……ぎゅって抱きしめて」

キスの前からずっと目が合わなくて、十羽の表情がわからない。

でも俺は、引きよせるように抱きしめた。言われる前からそうしたいと思っていたから。

昔から変わらない優しい香りが、十羽を感じさせる。

熱を伝えるようにいとおしく抱きしめ、体を離すと、やっと顔を上げた十羽の頬から涙は消えていた。

「よし。楓くんパワー、充電《じゅうでん》できた」

「満タン？」

「うん、満タン」

そう言ったきり再びうつむいて黙っていたかと思うと、数秒経って、十羽は明るい声をあげた。

「ごめんね、引きとめちゃって」

その言葉とともに、俺の手をぎゅっと握りしめていた両手が離れていく。

そして十羽は数歩後ろに下がると、手を振った。

その顔に浮かんでいたのは、いつもの笑顔。

「じゃあ、また明日」

「ん、また明日な」

手を振る十羽に、軽く手をあげ歩きだす。

ふと視線の先に、十羽が見つけたシリウスが映った。

明日も会えると思うだけで心が軽くなってしまうんだから、俺は自分が思っていたよりずっと、単純なやつなのかもしれない。

＊＊＊

楓くんの後ろ姿に向かって、笑顔で手を振る。

楓くんの姿が離れていき、そして、吸いこまれるように曲がり角に消えていく。

ついに姿が見えなくなったそのとたん、ふっと笑みが消え、そして。

「……ふ、うぅっ……」

ピンと張っていた糸がぷつんと切れたように涙腺が決壊《けっかい》し、その場に崩れ落ちた。

だれにも聞こえるわけないのに、嗚咽《おえつ》がもれる口を押さえる。

楓くんの前では笑って、笑って、笑って。そう自分を奮いたたせていたけど、限界だった。

——最後の〝また明日〟だった。

明日は〝さよなら〟を言わなくちゃいけない。言うって決めていた。

明日は泣かないから、今だけは。

「ぐすっ、うぅ……」

好きだよ、楓くん。

思い返してみると、頭を埋めつくすのは楽しい思い出ばっかりで。

この先、自分の体がどうなるかわからなくて怖い。
だけどそれ以上に、楓くんにさよならを告げるのが怖い。
君のまなざしの先に、ずっといたかった。ただ、それだけだった——。
私は涙腺が壊れたかのように、その場に座りこんで泣き続けた。
そんな私を、頭上では満天の星空が静かに見下ろしている。

——そして、君にさよならを告げる日がやってくる。

あの日、伝えられなかった言葉

翌日。太陽がまぶしい午後三時。

バス停のところに立っている人影を見つけ、私は笑顔で声をあげた。

「楓くん！」

私の声に、スマホをいじっていた楓くんが顔を上げ、私を視界の中にとらえた。

「はよ、十羽」

楓くんが私を見つけて名前を呼んでくれるだけで、心に温もりが生まれ、自然と笑顔が深まる。

手を振りながら駆けより、楓くんの前に立った。

「ごめんね、待った？」

「や、今来たとこ。今日なにする？」

たずねてくる楓くんに、私はプレゼンでもするかのように声を弾ませる。

「今日はまず海に行きます。なので、楓くんは私についてきてください！」

「了解です」

「よし、そうと決まれば行こ行こ！」

こうしてる時間も惜《お》しくて、楓くんの腕を引っぱって走りだす。

「元気すぎ」

後ろから苦笑する声が追ってくる。

「今日はずっと笑ってるって決めたからね」

一瞬一瞬を胸に刻みこむ、それが今日の私の目標。


バス停を出発して、十数分後。

「なつかしいねぇ」

「俺も久々来たわ」

私と楓くんの眼前には青い海が広がっていた。

小、中学生の頃、よく学校終わりにふたりで立ちよっていた場所だ。

穴場だということもあるけど、さすがにこんな寒い日に海に来る物好きなんて私たちだけみたいで、まわりにはだれもいない。

ふたりきりの砂浜《すなはま》を、歩幅をそろえながら歩く。寄せては返す波の音が心地いい。

「楓くんが転んだ私をおんぶして、この砂浜歩いてくれたの、すごくよくおぼえてる」

「おまえ、昔よくこけてたもんな。なにもないところですらこけるんだから、ある意味才能だよ、あれは」

「高校の入学式で転んだのは恥ずかしかった～。もうね、顔から火が出ると思った！」

「ふはっ、それはヤバい。めちゃくちゃ想像つくんだけど」

楓くんがお腹を抱えて笑いだす。

「くくっ、腹いたい……」

「ちょっと、笑いごとじゃないって！　ほんと恥ずかしかったんだから」

その時のことを思い出して自分の失態を恥じていると、ひと笑いし終えた楓くんが、腰を少し折って私の顔をのぞきこんできた。

その顔には、なにか悪だくみを思いついたような、いたずらっ子みたいな笑みが浮かんでいて。

「なぁ、十羽。なつかしいことしたくね？」

「なつかしいこと？　それいい！　したい！」

ワクワクせずにはいられない提案に、先ほどまでの羞恥心《しゅうちしん》なんて一瞬で忘れて興奮気味に賛成すると、楓くんがこちらに背を向けてしゃがみこんだ。

「んじゃ、はい」

見覚えのあるこのポーズは、おんぶのポーズだ。

「えっ、いいの？」

「いーよ」

「わ、やった〜！」

体を預けるように、楓くんの背中につかまる。

すると足が砂浜から離れ、ふわりと体が宙に浮いた。

「楓くんのおんぶ、久々ー」

「俺も、だれかおぶうの久々だわ」

「ほんと？」

「おまえしかおぶったことねぇし。特等席だよ、十羽ちゃんの」

「ふふ、ありがと」

「彼氏ですから」

楓くんの言葉がうれしくて、くすぐったい。

ぺたんと頬を背中にくっつければ、あの頃から変わらない楓くんの安心感が体を包みこむ。

ふと、楓くんの温もりが、あの日の温もりと重なった。

――小学校に入学したてのあの日。

私は、放課後に楓くんと寄り道したこの砂浜で転倒《てんとう》し、運悪く流木に膝を打ちつけてしまった。

『ふっ、うう、痛いよ……』

座りこんで泣きじゃくっている私の手や膝についた砂を払《はら》い落としながら、楓くんが優しく微笑みかける。

『大丈夫だよ。僕が十羽ちゃんの涙止めてあげるからね』

『ぐすっ、え……？』

涙をぬぐいながら顔を上げると、楓くんが勢いよく立ちあがり、その頃流行っていた戦隊ものの変身ポーズを決めた。

『ほぅら、十羽ちゃん！　楓スーパーマン、参上！』

『楓、スーパーマン……？』

『うん！　十羽ちゃんだけのスーパーマンだよ！　さぁ、僕の背中に乗って！　僕の背中に乗れば、十羽ちゃんのおうちまでひとっ飛びだよ！』

教科書がつまったランドセルを前に背負って、背中には私をおぶって。小学生の体ではたえられないくらい重いはずなのに、楓くんはそんな素振《そぶ》りひとつ見せなかった。

それどころか、波打ち際ギリギリのところを、押しよせる水から逃げるみたいに走って、私を笑わせてくれた。

『わー！　見て、十羽ちゃん。水が迫ってきたぁ！』

『あはは、逃げて逃げて、楓くんっ』

一瞬にして膝の痛みはどこかに飛んでいったっけ。

楓くんは私を笑顔にする魔法のかけ方を知ってるんじゃないかって、そう思ってた。

今でもたまにそう思う。

なつかしいあの日に想いをはせた私は、目の前にある楓くんの肩に顔を寄せるようにしてぎゅっと抱きついた。

「……楓くん」

「んー？　どした？」

私の呼びかけに返事をしてくれる君が、そこにいる。触れられるほどの距離にいる。

ふとした瞬間が、泣きたくなるほど愛おしくて。

「へへ、呼んでみただけ」

「えー、なんだよ」

不機嫌そうにそう言ったかと思うと、突然楓くんが駆けだした。

「うわっ！」

「海に落ちても、知んねーからな」

「ひゃー！　やめてーっ」

「ちょっと、ほんとに落ちるーっ！」

「ははっ、ほら」

時間を忘れてめいっぱいはしゃいで、たくさん笑って。

一時間ほど満喫《まんきつ》して、私たちは海をあとにした。

ところどころ濡れた服を乾かしがてら、海沿いの道を歩く。

「あー、疲れた」

まだまだ元気がありあまる私とは対照的に、楓くんは肩に手をあて疲労感《ひろうかん》たっぷりの声をあげた。

「体力の衰《おとろ》え、怖すぎ」

「ふふ、お疲れさまです！　楓くんのおかげで楽しかった〜」

歩きながら伸びをしていると、楓くんがたずねてくる。

「なんで海に来たかったんだよ、こんな真冬に。夏に来れば泳げんのに」

「今日じゃなきゃだめだったから」

「ふーん？　でもま、冬の海も超楽しかったけど」

「ね、楽しかった」

「次、どこ？」

「次……」

つぶやいて、思わず足が止まる。

数歩歩を進めて、私が立ちどまったことに気づいた楓くんも足を止め、こちらを振り返る。

「十羽？」

私はそらすことなく、楓くんの瞳をまっすぐに見すえた。

「次は、タンポポ畑に行きたい」

覚悟を、決めなきゃ。幸せな時間の終わりは、もうすぐそこまで来ていた。

「そこに着いたら、私、楓くんに話さなきゃいけないことがある」

十日ぶりに訪れたタンポポ畑は、楓くんに連れられて初めて来たあの日と、なにも変わってはいなかった。

ただ、森の中にあることと日がかげってきたのが相まって、あたりは暗くなり始めていた。

タンポポが咲いてるあたりに駆けより、しゃがみこむ。

「タンポポ、相変わらず綺麗に咲いてる。こんなに寒いのにすごいねぇ、君たち」

わざとその場の雰囲気を明るくするように振るまう。

こうしていないと、素の自分が出てしまいそうで。別れを切り出す時を、引きのばそうとしているのかもしれなかった。

「十羽」

「ん?」

ふと名前を呼ばれ、立ちあがって楓くんの方を振り返ると。

「髪に、葉っぱついてる」

手が伸びてきて、いつの間にか頭についていた葉っぱを取ってくれた。

「ありがとう」

微笑んでお礼を言うと、楓くんが優しく髪をなでてきた。

「ん?」

どうしたの?というようにやんわり首をかしげると、楓くんがふっと表情をゆるめた。

「俺のこと、彼氏にしてくれてありがとな」

「楓、くん……」

不意を突かれて、思わず目を見開く。

予想もしなかった言葉だった。

涙が込みあげてきて、あわててうつむく。

「いや、なんかさ、今めちゃくちゃそう思って」

目の前から聞こえてくるはずなのに、楓くんの声が遠い。

鼻の奥と胸が、なにか刃物で傷つけられたように痛い。

ちがうんだよ、ごめんね。私は、これから別れを告げようとしている、だめだめな彼女なんだよ。

「十羽？」

異変を感じたのか、頭上から静かに問いかける楓くんの声が降ってきた。

「どうした？」

なにより先に私のことを心配してくれる、その実感がまた涙を押しあげてくる。

小さい頃からずっとそう。私が困っているのを見たら、必ず手をさしのべてくれる愛おしい人。

最後まで笑っていようと思ってたのに、楓くんのせいで計画失敗だよ。

ひどいよ。私の心をつかんで離してくれないんだから。

私の心ごと包みこんでくれるこの手が、この声が、この笑顔が大好きで。

まだ、離れたくない……。

そんなわがままを必死に抑えこんで楓くんを見上げると、私は悲しみを振りきるように笑った。

「ごめんね。私、約束破ってばっかりのうそつきなだめだめ幼なじみだったね。今度は、こんな女の子に引っかかっちゃだめだよ？　楓くんモテモテだから、心配だなぁ」

いたずらっぽく笑いながら、おどけた様子で言う。

楓くんの瞳が、波紋のように揺れた。

「……え？　なに言って——」

私は、ひと息で言った。

「今日はね、最後のデートをしに来たの」

「は？」

「楓くん、別れよう」

自分が思っていたよりも、はっきりした声が出た。

自分で発した言葉の冷たすぎる響きに、心が切りつけられる。

でも、逃げちゃいけない。

楓くんが顔を伏せた。

「……なんでだよ」

「私は、もう楓くんの隣にいられないから」

何度も頭の中でシミュレーションした言葉を、そのまま口に出す。

「また、ここを離れることになったの。今度は、もう二度と戻ってこられない」

なんでもないふうを装った口調で。

「だから、ね？　おたがいのために、別れよう？　楓くんはかわいい彼女さんと一緒になって、温かい家庭を作って、だれより幸せにならなきゃだめなんだよ」

気づけば、声が震えそうになって、それを抑えるのに必死になっていた。

決心も覚悟もしてたのに、楓くんを傷つけることに、心がたえられない。

自分でやっていることなのに、楓くんの反応が、怖い。

つらくなって思わず目を伏せた、その時。不意に楓くんの手が私の頬に触れたと思うと、親指の腹で、そっと頬をなでられた。

顔を上げれば、楓くんが微笑んでいた。泣きそうに眉を下げて。

「ほんと、おまえはうそが下手だな」

「……っ」

その言葉……。

楓くんの形のいい唇が動いて、透《す》きとおった声を紡いだ。

「──知ってるよ」

「え……？」

「俺しか、十羽のことが見えてないってこと」

それから。

「俺のために、おまえが隠してることがあるってこと」

「……っ」

楓くんの言葉に、声が失われて、目が見開かれるのを感じた。

うそ……。

ぼうぜんとする私の目をまっすぐに見つめ、楓くんが再び口を開く。

「千隼くんから全部聞いた。おまえが交通事故にあったって。それから——事故の原因は俺だっていうのも」

……楓くんには、知られたくなかったなぁ。

私は事故にあった。クリスマスイブの日、楓くんに会いに行く途中に。

『かえでくん、とわがそばいてあげる』——その約束を果たそうとして。

「事故のこと隠してたのは、全部俺のためだったんだな。そのことを知ったら、俺が自分を責めるから」

なにも返せず、うつむくと。

「ごめん。俺のせいで、おまえをこんな目にあわせて」

心から悔《く》いるような、切実な声音が聞こえてきた。

ちがう、楓くんのせいじゃない。

私は、ふるふるとかぶりを振って、おどけたように笑む。

「参っちゃうなぁ、楓くんに隠しごとは通用しないね」

すべてを知ってしまったら、楓くんはきっと罪悪感を感じてしまうから、幽霊であることを隠していた。

事故を知った時の楓くんの気持ちを思うと、どうしようもなく心が痛む。だれも悪くないのに、どうしてこうなってしまったのだろう。

私はすんと鼻をすすり、トーンを落として静かに語りかけた。

「だからね、私、もう一緒にいられないんだよ。事故で、死んだから」

すると。

「……ちがう」

楓くんは口の中でつぶやき、それから顔を上げ、私をまっすぐに見すえた。

「おまえは死んでない」

その声は、とても強い響きでもって、私の胸に届いた。

「え……？」

今、なんて……？

「意識不明の重体だけど、ちゃんと生きてる」

「……っ」

思いがけない真実に、声をつまらせる。

あの日足もとに倒れていた私は、死んでなかったってこと――?

「気づいてなかった? 俺が毎日、病院でおまえに話しかけてるの」

「う、そ」

心が震える。

どこからともなく耳に届いていた声がよみがえる。

あれは、楓くんの声。

意識がない私に、毎日話しかけてくれていた声だったんだ――。

私、すごくすごく楓くんに想ってもらってたんだね……。

私の肩をつかみ、楓くんが語調を強めた。

「だから、別れるなんて言うなよ」

「楓、くん……」

胸が張りさけるように痛い。

ああ、私は何度この人を傷つけてしまうんだろう。

吐息をもらすように、私は答えた。

「……ごめん。でももう、私の体ね、限界だよ」

「……っ」

私の体は、もうすぐ終わりを迎えようとしていた。

体が、徐々に、でもたしかに透けてきている。

こうしている今も、自分の輪郭は不明瞭に揺らめいていて。

生きているとしても、きっともうすぐ死んでしまう――。

その時。不意に腕を引かれたかと思うと、次の瞬間には、楓くんの両腕に抱きしめられていた。

消えていく私をつなぎとめるかのように、強くかきいだく。

「なんで何度も俺のこと置いていくんだよ……。ずっと隣で笑ってろよ」

気づけば、振りしぼったように発せられる楓くんの声が、涙に濡れていた。

「俺の人生から十羽がいなくなったら、俺は俺じゃなくなるんだよ。俺にはおまえが必要なんだよ」

「楓く――」

「十羽。俺はおまえをあきらめないから」

強くまっすぐに発せられた声が、私の心をぐっとつかんだ。

どうしようもなく揺さぶって、揺さぶって――。

「……ふ、うう……」

ついに、ピンと張っていた糸が切れたように、嗚咽がもれた。

せっかく涙を我慢していたのに。そんなふうに言われて、なんでもないふうを装っているなんて無理だった。
なんで……なんでそんなにもまっすぐ想ってくれるの?
「それは、ずるいよ……」
楓くんとの思い出が、走馬灯のように頭の中を駆けめぐる。
何度も助けてくれたね。
何度も笑いあったね。
何度も名前を呼んでくれたね。
何度もふざけあったね。
何度も抱きしめてくれたね。
何度もキスしたね。
何度もデートしたね。
何度も涙をぬぐってくれたね。
何度も優しさをくれたね。
すべての思い出が私の幸せで、愛おしい。
それなのに、もう二度と君の温もりに触れられないなんて——そんなの、嫌だ。
「ずっとずっと……一緒にいたい……」
「十羽」

「楓くんのこと、置いていきたくないよ……」

こらえていた本音がこぼれた。

生きたい。君と未来を歩んでいきたい。

もっとたくさん笑いあって、時にはケンカして、そんな日々を紡いでいけたらと、何度思っただろう。

死にたく、ない。

だけどそんな思いとは裏腹に、タイムリミットはすぐそこまで近づいてきていた。

ああ、もう、消えてしまう。

視界がぼやけていく。体の感覚が失われていく。

楓くん、楓くん……。

私は体を離し、楓くんの頬に手を添えた。

涙で熱くうるむ瞳に、私がまだ映っている。

「十羽、絶対死ぬなよっ……」

涙声で私に訴えかける楓くん。

ごめんね。何度も何度も、その手を離してしまって。

それでも私は、ずっとずっと――。

最後の力を振りしぼるように、私は涙に濡れた頬をほころばせて笑った。

「楓くんのことが、大好き」

そして、次の瞬間。
まるでぷつんと切れる糸の音が聞こえたように。
目の前が真っ暗になって、楓くんの視界から私が消えた。

第四章

秘密

十羽がうちに来て、俺にハヤシライスを作った翌日。俺は電車に乗っていた。

まだ正月期間だからか、電車は比較的《ひかくてき》空いている。

——十羽のことを、確かめたかった。

最初に異変を感じたのは、十羽の笑顔だった。

さりげない時に見せる笑顔が、どこか遠くを見つめていて、ひどく達観しているようで。

それから確信に近づいたのは、点灯式の時。

偶然会ったニーナちゃんに、点灯式に一緒に行こうと誘われ、ふたりで話していると、会話の中で彼女は俺にこう打ち明けた。

『本当は、ちょっと前に楓くんのこと見つけて、つけてきてたの。点灯式に誘いたくて。ほら、先約あったら、誘いにくいし。でも、ひとりっぽかったから、声かけたんだ。ラッキーだったなー』

最初は言っている意味がわからなかった。

十羽に気づかなかったことにして、十羽と一緒にいたのに声をかけたという行為の言い訳をしているのかと思った。

だけど、ニーナちゃんの瞳から、うそは見ぬけなかった。

――十羽は、俺以外から見えていない。

ばかげてる、こんなこと普通に考えてありえない。なのに、もしそうだとすると、すべてのつじつまが合う。

十羽に向かって走ってきた自転車。

暗くなってから、しかも人の少ないところばかりで会っていたこと。

一度も見ていない、北高の制服姿。

そして決定的となったのは、昨夜。十羽がひとりで家から帰ったことが心配になって十羽の家を訪れると、もとあった場所に十羽の家はなかった。

つまり、引っ越して戻ってきたと十羽が言っていたのは、うそだったというわけで。

ふとした時に感じていた小さな違和感の数々が、嫌というほどにひとつの可能性につながっていた。

だから、どうにかして十羽の家族に接触《せっしょく》し、この矛盾《むじゅん》だらけの日々の真相を知りたかった。

十羽の引っ越し先を知らない俺にただひとつ残された手がかりは、

『中学も、偏差値が全国二位の学校に合格したんだよ』

いつかの十羽が俺に話した、弟の千隼くんだけ。

彼に十羽のことを聞くつもりで俺は電車に乗りこんだ。

千隼くんの中学の生徒が、有名進学塾《じゅく》の冬季講座を受けているという情報は得ていた。

駅前にあるその塾の前に着いた頃には、もう夕方になっていた。

勉強熱心な彼なら、きっと講座を受けているにちがいない。

俺は、塾終わりの千隼くんを外で待ちぶせることにした。

はなから、何時までだって待つつもりでここに来た。なにがなんでも、千隼くんに接触する。

と、その時。

出入り口から出てきた生徒たちの中に、見覚えのある、サラサラなマッシュルームカットの丸い頭を見つけた。

あれは——。

『千隼くん！』

俺の呼びかけに、彼がこちらを振り返った。俺の姿を捉えた瞳が、驚きの色に染まっていく。

『なんであんたがここに……』

やっぱり、千隼くんだ。

二年前と変わっていないその姿を見て、なぜか安堵を覚える。

『突然押しかけて悪い。十羽のことについて聞きに来た』

俺を見つけて驚きに見開かれていた目は、十羽の名前が出た瞬間に鋭くなる。

『あんたに話すことなんてない』

突きはなすようにそう言って、踵を返し俺の前から去ろうとする千隼くん。

引きとめようと、俺はとっさに声をあげた。

『昨日まで十羽と会ってた』

その言葉に、千隼くんが立ちどまる。

『は……？』

振り返ったことによってあらわになった千隼くんのぱっちりとした目が、限界まで見開かれていた。

『そんなことありえない。だって、十羽は』

『うそだけはついてない。たしかに十羽は俺に会いに来た』

強く言いきると千隼くんは自分を落ち着かせるように小さく息を吸って、そして俺をまた見上げた。

『とりあえず場所を変えるよ。楓がいると、目立ってしょうがないから』

数分ほどかかって到着《とうちゃく》したのは、ひとけのない公園だった。

公園の中央付近で千隼くんは唐突に足を止め、こちらを振り返る。

『さっきの続きだけど、十羽はいつ楓に会いに行ったの？』

『たしか……先月の二十五日』

するとなぜか額を押さえて、ため息をつく千隼くん。

『……ありえないことだけど、楓の話信じるよ。で、十羽のなにを知りたいの？』

なんで日付を言っただけで、態度が一変して信じてもらえたかはわからないけど、

そんなことをいちいち気にしてる暇なんてなかった。

『あいつは今、どこにいる？』

『意識不明で入院中。ずっと眠ってる』

『……っ』

衝撃に、思わず絶句する。目の前がチカチカする。

そうかもしれないとなんとなく思っていたけど、やっぱり現実味がなさすぎて、その可能性を信じきれていなかった。

でも千隼くんから、こうして言いきられると、受けとめざるを得ない。

だめ押しをするように、千隼くんが淡々と、でも確かな芯を持った声で言った。

『だから信じられないけど、生霊《いきりょう》ってことかな』

少し冷静さを取りもどした心の中で、ふと疑問が生まれる。

だとしたら、どうしてあいつは本当のことを言わないのだろう。

『なんでそのことを隠して……』

状況がわからず混乱する俺に、千隼くんが静かに答えを放つ。

『全部、楓のためだよ』

『え？』

思わぬ答えに、固まる。

どういうことだよ……。

千隼くんが、揺るがない強い瞳で、俺をまっすぐに見つめた。

『十羽は、交通事故にあったんだ。早朝に横断歩道を渡ろうとしたところで、飲酒運転の車に突っこまれて。事故にあったのは、クリスマスイブの日だった』

『……っ』

一瞬にして心が凍りつくのを感じた。

心臓が嫌な感じに脈を打つ。

答えが、真実が、見つかってしまった。

クリスマスイブ。それは、俺にとって因縁《いんねん》の日——母がいなくなった日。

引っ越すまでは、十羽が必ず一緒にいてくれた日。

『おばさんの代わりに私が楓くんの隣にいるって、そう約束したのに。隣にいられなくてごめんね』

『かえでくん、とわがそばにいてあげる』

十羽の声が、頭の中で再生される。

うそ、だろ……。

俺がたどりついた真実を答え合わせするように、千隼くんが口を開いた。

『十羽は、楓に会いに行く途中で事故にあって、意識不明になったんだ。三年も一緒にいてあげられなかったから、今年こそは隣にいてあげたいって、そう言ってたのに』

目の前が、フラッシュをたいたかのように真っ白になる。

なにもかも、俺のせい——。

『十羽のことだから、楓が自分を責めないように事故のことを隠してるんだよ』

『十、羽……』

俺は考えるよりも先に、バッと頭を下げていた。

『なっ、なにしてんのっ？』

頭上で、千隼くんがたじろいだのがわかった。

『十羽のところに、連れていってほしい』

『……あんたに十羽に会う資格なんてない。そんなチャラチャラして、好きな女がいじめられてることにも気づかないで』

低く押しこめた声が、あの日と同じく俺の心を責めたてる。

千隼くんの言うことは、なにもかも正論。

だけど、ここで怯むわけにも、まわれ右して帰るわけにもいかなかった。

『中学の頃の俺は、十羽を守ってやれなかった。でも今はちがう。なにに変えても、あいつのことを守りたい』

『…………』

俺は顔を上げた。意志を伝えるように、千隼くんの目をしっかり正面から見すえる。

『その覚悟がなかったら、こんなとこまで来てねぇよ』

『……っ』

すると、不意に目をそらして、千隼くんがうつむいた。

観念したかのように小さく息をつくと。

『……ついてきて』

それだけ言って、千隼くんが駆けだした。

それは紛れもなく、認可を意味していた。

千隼くんのあとを追って、俺も走りだす。

——すべてがわかった今、十羽の表情の意味が理解できる。

再会してから、すべてを達観したような切ない笑顔を見せることが何度かあった。

それは、いつか来る別れを、知っていたから。

ここに至るまでに、ひとりで何度涙を流したんだろう。

ごめんな。ほんと、なにもわかってやれてなくてごめん。

苦しいこと全部ひとりで引きうけて、俺の前ではそんな姿見せまいと、ずっと俺の隣で笑顔でいてくれた十羽。

いつだって十羽は、〝俺のため〟だった。

——俺は、おまえを手放したくない。

下唇を噛みしめると、血がにじむ味がした。

どんなに頬にあたる空気が冷たくても、走る足は止まることを知らなかった。

十羽が入院していたのは、地元では見たことがないほど大きな病院だった。

病院に着くと千隼くんは走るのをやめ、それでも脇目も振らず早足で、病院の中を進んでいく。

多くの人たちとすれちがいながら、病室棟《びょうしつとう》の五階までやってきた。

エレベーターを降り、廊下を進んでいくと、一番奥の病室の前で千隼くんが立ちどまった。

『ここだよ』

見れば、ネームプレートに『大園十羽』の文字がある。

ネームプレートの形式からして、個室のようだった。

――ここに、十羽がいる。

俺はドアの取っ手に手をかけ、そしてためらうことなくドアをスライドさせた。

瞬間、病室に充満《じゅうまん》していたツンとする消毒液のにおいが鼻をつき、機械音が耳に響いてきた。

視界に飛びこんできた真っ白な部屋の中――カーテンの向こうにベッドがある。

足が自然とそちらへ進んでいく。

そしてシャッと音を立て、カーテンを開けた俺は思わず息をのんだ。

……ベッドの上に、十羽が寝ていた。

目の前の十羽は、体のあちこちを管でつながれ、大きな酸素マスクをつけて目を閉じていて。

小さい頃からめったに風邪をひかない健康体の十羽しか知らない俺は、予想以上のダメージをくらっていた。

現実は、千隼くんから聞くよりもずっと、痛々しくて残酷《ざんこく》だった。

『……十羽』

点滴《てんてき》がささった白い手を、そっと握りしめた。

その手は力いっぱい握ったら壊れてしまいそうなほど、もろく思える。

だけど再会してからずっと冷たいと感じていたその手には、今は確かな温もりが宿っていた。

それでやっと、十羽が生きているのだと実感できる。

『……ごめん、俺のせいで。痛かったよな』

頬をなでてやっても、うれしそうに目を細めてはにかんでくれることはない。

目を細めてくしゃっと笑う十羽の笑顔が、脳裏に浮かぶ。その笑顔が、今は遠くて。

そんな遠くに行くなよ、十羽。

おまえはあぶなっかしいんだから、俺がついててやらなきゃだめだろ。

『なぁ、目を覚ましてくれよ、十羽……』

うっすらと冷えた病室の中、無機質な電子音だけが響いている。

どんなに呼びかけても、十羽は返事をしてくれなかった。

それから俺は、毎日病室に通った。

『十羽が目を覚ましますように』

そう書いた絵馬も、十羽の枕もとに飾った。

十羽が目を覚ましてくれるなら、もうなにもいらなかった。

君のもとへ会いに来た

「十羽、入るぞー」

言いながら、病室のカーテンを開ける。

そこには、昨日と変わらない光景が広がっていた。

病室の真ん中にあるベッドの上で、十羽は身動きひとつせず眠っている。

相変わらず、か。

十羽が消えてから、もう一週間。眠っている十羽の容体に変化はない。

小さくため息をつくと、がさごそとフィルムのこすれる音を立てながら、大きな花束を胸の前で持った。

「おまえ、かすみ草好きだったよな。これ意外とかさばるから、エレベーターでおっさんにめっちゃ迷惑そうな顔されたわ」

冗談めかして言いながら、かすみ草の花束を見せるように十羽の方にさし出すけど、あたり前のように返事はない。

俺は花束をベッドの近くにある小さなテーブルに置くと、パイプ椅子に腰かけた。

「無視かよ」

頬をツンとつつきながらぼそっとつぶやいた時、ガラガラと病室のドアが開く音が背後から聞こえてきた。

「今日も来てたの？」

開口一番、皮肉が飛んでくる。

かわいい見た目に反して、相変わらず辛辣だなー。

「よ、千隼くん」

俺が振り返って目が合うなり、不愉快さに満ち満ちた視線が向けられる。

「ちょっとは休めば？　毎日終電で帰ってるんでしょ？」

「まあね」

初めて病院を訪れてから、俺は毎日病院に通っている。

今日も、学校帰りに直接来た。

「でも、十羽が目を覚ます時、一番近くにいてやりたいんだよね」

「いつ容体が悪化してもおかしくないのに？」

「こいつは、こんなとこでくたばんねぇよ。俺が十二年も惚れてるやつなんだから」

「あっそ。……お見舞いに来てるせいで体調崩すとかやめてよね」

言いながら、ふん、とそっぽを向く千隼くん。

……あ。そういえば、この子ツンデレだった。

Sのスイッチが、パチンとオンになる。

俺はニヤニヤしながら、千隼くんにからかいの目を向ける。

「千隼くん優しー。俺のこと心配してくれてんだ？」

「そ、そんなんじゃないからっ」

「俺、丈夫だし。お子ちゃまに心配かけるようなことにはなんねーから心配すんな、ちーくん？」

おもしろくて、わざと千隼くんが気にしてる子どもっぽさのことをぶっこむと、顔を真っ赤にして千隼くんが声を張りあげた。

「楓、三年の間に意地悪になった……！　僕、帰る！」

「もう帰んの？」

「僕は楓とはちがって忙しいんだ！　夜は母さんと父さん来るから！」

心配してくれてたのは図星だったらしく、わかりやすく動揺しながら病室を出ていく。

嵐が過ぎさったかのように、しんとする病室。

「おまえの弟、おもしれぇな。相変わらず、姉弟全然似てねーけど」

苦笑しながら、十羽の方に体を向ける。

まつ毛が、白い肌に細く長い影を落としている。

あーあ。今にもまぶたが開いて、俺を見つけてくれそうなのにな。

「がんばれ、がんばれ」

点滴がつながれた白い手を握り、そう声をかける。

十羽、俺は信じてるよ。またおまえが、あの笑顔を見せてくれることを。

おまえが会いに来てくれたように、今度は俺が会いに来るから。何度だって、おまえが返事をしてくれる日まで。

俺の家から十羽の病院を往復する毎日を、千隼くんも十羽の両親も心配してくれる。だけどこんな距離、おまえに会うためなら全然苦じゃない。

俺は腰を上げると、十羽の前髪をそっとよけた。

そして、白い額に静かにキスを落とす。

「……酸素マスク邪魔。早くそれ、はずせよ」

こっちは額だけじゃ足りねぇんだよ。

つぶやいて、再び椅子に腰を下ろす。

「独り言状態だから、なんか返事してほしいんだけど。十羽さーん？」

十羽の手を握り、俺はベッドに顔だけ倒した。

「また話ししてぇよ、ねぼすけ十羽」

ぽつりと小さな声でこぼした本音は、真っ白な病室に溶けて消えていく。

……あー。おまえが寝てばっかりいるから、俺まで眠くなってきたんだけど。

ここ数日、まともに眠れていないことがたたったらしい。睡魔にあらがう気力は、ほとんど残っていなかった。

「十羽……」

まぶたが徐々に、重みを増して下りてきて。

——ぷつんと、意識が途切れた。


夢を見た。

『楓くん、久しぶりっ！　驚いた？　楓くんに会いに来たんだよ』

あの日の十羽が、笑っていた。

なんだか無性に泣きたくなった。


どれくらい眠っていたのだろうか。

不意にだれかに名前を呼ばれた気がして、頭が覚醒した。

「ん……」

その感覚を頼りに、重いまぶたをわずかに開ける。

そして上体を起こした直後、目の前の光景を映した俺の目は、大きく見開かれていた。

「……っ」

「楓、くん」

耳にたしかに届く、愛しい声。

うそ、だろ……。

気づいた時にはもう、涙がはらはらこぼれて、頬を伝っていた。

夢の続きかと疑ったけど、ちがう、これは夢じゃない。

窓の外では、いつの間にかしんしんと雪が降っている。

俺は涙に濡れた顔をくしゃっとほころばせた。

「待ちくたびれたよ、ばか」

次から次へと込みあげる感情に、たまらなくなって手を握りしめたまま、覆いかぶさるように額に額を重ねる。

「今度こそ、絶対離さないから」

俺の言葉に、彼女が微笑む。ひと筋の涙を流しながら。

おまえがまた、俺のところに帰ってきてくれた。

エピローグ

視界に野外の景色が映る。耳には、ゴロゴロと車椅子の車輪がアスファルトの上を走る音が流れこんでくる。

頭上を見上げれば、まだ葉をまとっていない寒そうな桜の木が、道に沿ってずらりと並んでいる。

水色に少し灰色が混じったような空が、木の間から顔をのぞかせていて。

「はー、気持ちいいねぇ」

すんだ空気を胸いっぱいに吸いこんだ私は、笑みを浮かべた。

「晴れてよかったな」

私の車椅子を押しながら、楓くんがふわりと言う。

――意識を取りもどしてから、数日。

あの日意識が戻ったのは奇跡だと、担当医に言われた。

あれから楓くんは、お見舞いに来るたびに車椅子を押して私を外へ連れ出してくれた。

今日の散歩コースは、桜並木街道だ。

段差に気をつけながら、できるだけ揺れないように車椅子を押してくれるから、乗っていてすごく心地がいい。

「楓くん、車椅子押すの、だいぶ上手」

「おまえの体に障《さわ》ったらまずいし」

「ふふ、紳士《しんし》だねぇ」

「なんだよ」

「惚れなおしてるんだよ」

「え、なにそれ。照れる」

「照れて照れて」

ふふっと笑ったところで、くしゅんとくしゃみが出た。

二月になったばかりの外気はまだまだ冷たい。

もう少し着込んでくればよかったと反省していると、不意に車椅子が止まって、楓くんが車椅子の前にまわりこんだ。

そして、唐突に自分が着ていた上着を脱ぎ始める。

「おまえ薄着すぎ。着とけよ、これ」

「え、そんな悪いよ」

「いーから。おまえの体の方が大事」

強引に、私の肩に上着をかけてくれる楓くん。

それと同時に、ふわりと甘い香りが鼻をくすぐる。

楓くんは車椅子の前にしゃがみこむと、私を見上げた。

「体、冷やすなよ」

「ありがとう、楓くん」

「ん」

私の手の上に楓くんのそれが重なって、微笑みあう。

そうやっておたがいの手の温もりを感じあっていると、上目づかいでこちらを見たまま、楓くんがつぶやく。

「やばい。今、すげぇ幸せ」

「私も。すごく幸せ」

じんわりとつぶやくと、楓くんがいつものクールな表情はそのままに、少しだけ瞳の奥に温もりをにじませて口を開いた。

「なぁ、十羽。じーちゃんばーちゃんになっても、一緒にいよ」

「え？」

思わず呼吸がつまって、楓くんを見つめる。

なんてことないことのようにさりげなく放たれた言葉が、ぐわんと心を揺らす。

「……それって……」

「一応、プロポーズ的なやつなんですけど」

「私で、いいの？」

今にもあふれだしそうな感情をこらえながらそうたずねると、楓くんが立ちあがり、私の頭の上にぽんと手をのせた。

そして視線をそらせまいとでもするように、まっすぐ私を見おろす。

「俺はおまえしか考えらんねぇし、おまえじゃなきゃ嫌だ」

子どもに言いきかせるように、ひと言ひと言しっかり声にしてくれる楓くん。

「そういうことだから。わかった?」

目の奥が痛んで、じわじわと視界がにじんでいく。

「楓くん、ずるいよ……」

我慢しきれず涙をこぼした私を見て、楓くんが苦笑した。

「ここで泣くのかよ」

私もつられて笑う。

「うれし泣きだよ」

鼻をすりながら、私は涙で濡れた顔を上げた。

ひと呼吸置いて、笑みを浮かべたまま口を開く。

私は、楓くんを幸せにできる人になりたい。

「ずっとずっと、一緒にいよう」

すると、楓くんがふわりとやわく微笑んだ。

今まで見てきた中でも、一番と言っていいほど綺麗な笑みだと思った。
彼がこんなに綺麗な笑みを向ける先にいられるなんて、私はなんて幸せ者だろう。
頬に優しく手があてがわれる。
「一生、だれにも渡す気ねぇから」
甘い声でそうささやいたかと思うと、腰を折るようにして綺麗な顔が近づいてくる。
そして、そっと唇が重なった。
やっぱり涙の味がしたけど、それよりも幸せの方が勝っていて。
長い冬を越えて、私は君の隣で春を迎える。

Fin

あとがき

はじめまして、そしてこんにちは！　SELENです。

この度は、『君しか見えない』をお手に取ってくださり、本当にありがとうございます！

今作は、両片想いの幼なじみを書きたいというところから、書き始めた作品です。泣きキュンしていただけたでしょうか……！

「君しか見えない」というタイトルには、ふたつの意味が込められています。どちらの意味も作中重要になっているので、お気に入りのタイトルです！

主人公の十羽は、一途で根が明るい女の子です。それでいてまわりの状況を読む力に長けているため、その場に応じてバカになってみたり、明るく振る舞ってみたり。やきもちを焼くシーンは極力減らしてみました。

楓は、既刊二冊の男子よりもクールな感じを目指しました。ふわふわ浮いているように見えて、実は人一倍重力に引っ張られているような、そんな男子です。

お互いを想いすぎるあまりに紆余曲折あったふたりですが、最後は本当の意味で結

ばれました。付き合ってからのラブラブシーンを書くのは久しぶりでしたが、少しでもキュンとしていただけたら幸いです♪

最後になりましたが、書籍化に伴い多くの方にご尽力いただきました。三冊目の出版という貴重な機会をくださいましたスターツ出版の皆さま。最後まで、一番いい形になるようにと、たくさんの力を貸してくださいました担当編集者の飯野さま。細かなところにまで目を配ってくださいました編集の八角さま。前作に引き続き素敵すぎるイラストを描いてくださいました雨宮さま。可愛らしく温かい表紙をデザインしてくださいましたデザイナーさま。感謝してもしきれません。本当にありがとうございました！

そして、『君しか見えない』を読んでくださいました読者の皆さま。こうして三冊目を出版できたのも、読んでくださったり、応援してくださったりした皆さまのおかげです。本当に本当にありがとうございました！

二〇一八年一月二十五日　ＳＥＬＥＮ

この物語はフィクションです。実在の人物、団体等とは一切関係がありません。

SELEN先生への
ファンレター宛先
〒104-0031 東京都中央区京橋1-3-1 八重洲口大栄ビル7F
スターツ出版（株） 書籍編集部気付 SELEN先生

君しか見えない

2018年1月25日 初版第1刷発行

著 者 SELEN

発行人 松島滋

イラスト 雨宮うり

デザイン 齋藤知恵子

DTP 朝日メディアインターナショナル株式会社

編 集 飯野理美
八角明香

発行所 スターツ出版株式会社
〒104-0031
東京都中央区京橋1-3-1 八重洲口大栄ビル7F
TEL 販売部03-6202-0386（ご注文等に関するお問い合わせ）
http://starts-pub.jp/

印刷所 共同印刷株式会社
Printed in Japan

ISBN 978-4-8137-0391-4 C0193

恋するキミのそばに。
野いちご文庫
甘くて泣ける
3年間の
恋物語
スケッチブック
桜川《さくらがわ》ハル・著
本体：640円＋税
初めて知った恋の色。
教えてくれたのは、キミでした──。
ひとみしりな高校生の千春は、渡り廊下である男の子にぶつかってしまう。彼が気になった千春は、こっそり見つめるのが日課になっていた。2年生になり、新しい友達に紹介されたのは、あの男の子・シィ君。ひそかに彼を思いながらも告白できない千春は、こっそり彼の絵を描いていた。でもある日、スケッチブックを本人に見られてしまい…。高校3年間の甘く切ない恋を描いた物語。
イラスト：はるこ
ISBN：978-4-8137-0243-6
感動の声が、たくさん届いています！
何回読んでも、
感動して泣けます。
／trombone22さん
わたしも告白して
みようかな、
と思いました。
／菜柚汰さん
心がぎゅーっと
痛くなりました。
／棗 ほのかさん
切なくて一途で
まっすぐな恋、
憧れます。
／春の猫さん